Eckart zur Nieden

DER GELBE WAGEN

und andere Erzählungen

in großer Schrift

BRUNNEN
Verlag GmbH · Giessen

© 2015 Brunnen Verlag Gießen
www.brunnen-verlag.de
Lektorat: Eva-Maria Busch
Umschlagmotive: shutterstock
Umschlaggestaltung: Ralf Simon
Satz: DTP Brunnen
Druck: GGP Media GmbH, Pößneck
ISBN 978-3-7655-0912-4

INHALT

(in Klammern die ungefähre Vorlesezeit)

DER GELBE WAGEN

Aufwachen ist wie auftauchen, ging es dem alten Herrn Fronstetter durch den Kopf. Das Ich war nicht da. Auf einmal kommt es an die Oberfläche und stellt fest: Ich bins! Ich existiere.

Fast wie geboren werden ist es. Aber nur fast. Denn bei der Geburt dauert es länger, bis man registriert, dass man da ist. Meine Geburt ist heute genau fünfundachtzig Jahre her.

Danke, mein Gott!, dachte Karlheinz Fronstetter und war sich kaum darüber klar, dass das ein Gebet war. Danke für fünfundachtzig Jahre voller Sorgen und Hoffnungen, voller Trauer und Glück, voller Einengungen und Befreiungen, voller Krankheiten und Gesundungsprozesse, voller Enttäuschungen und Zufriedenheit. Danke für ein reich gefülltes Leben.

Nebenan hörte er Geräusche. Geschirr klapperte. Wahrscheinlich deckte Hanna, die ältere Tochter, einen festlichen Frühstückstisch. So etwas machte sie immer sehr schön. Eigentlich war Hanna ein leiser Mensch. Dass sie sich wenig Mühe gab, das Klappern zu vermeiden, mochte daran liegen, dass sie die Schwerhörigkeit ihres Vaters schlimmer einschätzte, als sie war. Oder wollte sie ihn wecken, weil die Familie ungeduldig wartete, dass sie ihm gratulieren konnte?

Ein Flüstern war nämlich nun zu hören und leises Zupfen

einer Gitarre. Wahrscheinlich war Lydia gekommen mit ihrem sechsjährigen Enkel Alexander, um zu gratulieren. Der Ehemann sowie Sohn und Schwiegertochter waren sicher an der Arbeit, wie auch Hannas Kinder. Nur Hannas Enkel würden vermutlich da sein, das Baby und die fünfjährige Tanja.

Ich lasse mich aber nicht unter Druck setzen, dachte er. Dabei mochte auch mitgespielt haben, ohne dass es ihm bewusst war, dass er wieder diesen schwachen Stich in der Brust spürte. Nicht weiter schlimm, redete er sich ein, denn wenn er sich langsam bewegte, verschwand der Schmerz meistens bald wieder. Vorsichtig stand er auf und machte sich fertig. Sorgfältig, denn er hasste es, wenn alte Leute ihr Äußeres vernachlässigten. Kämmen musste er sich nicht – da war nichts mehr zu kämmen.

Während Herr Fronstetter sich rasierte, stellte er sich schmunzelnd vor, wie die Kinder unruhig von einem Bein aufs andere traten und darauf warteten, dass ihr Uropa endlich aus seinem Zimmer kam. Sollten sie nur Geduld lernen! Dann war es so weit.

Kaum öffnete er die Tür, erklang ein Gitarrenakkord und aus den Kehlen von zwei Frauen und zwei Kindern: „Viel Glück und viel Segen auf all deinen Wegen …"

Allgemeine Umarmungen, Gratulationen und Glückwünsche. Dann setzten sich alle an den Tisch, das Baby im Wagen daneben. Aber ehe es mit dem Essen losging, gratulierten die beiden Enkel mit einem Flötenstück, das Lydia mit der Gitarre begleitete. „Hänschen klein" war zwar nicht der Inbegriff hoher Musikkultur, es mischten sich auch einige falsche Töne drunter, aber Karlheinz war gerührt und lobte die Fortschritte im musikalischen Können seiner Urenkel.

„Eine Kerze nur?", fragte Uropa mit gespielter Enttäuschung in der Stimme. „Keine fünfundachtzig?"

Alexander fand das lustig. „Aber die hätten doch gar nicht alle Platz auf dem Tisch, Uropa!"

Als alle ihr Brot und ihr Müsli vor sich hatten, stand Lydia auf, klopfte mit dem Messer an ihre Tasse wie bei einer großen Versammlung. „So, und nun die Geburtstagsüberraschung!"

Sie ist wirklich laut, meine jüngere Tochter, dachte Karlheinz. Und immer voller Ideen und Tatendrang. Das muss sie von meiner lieben Luise haben, die nun schon seit sechs Jahren tot ist. Von mir hat eher Hanna das ruhige Wesen.

„Lieber Papa!", sagte Lydia. „Wir haben uns lange überlegt, womit wir dir eine besondere Freude machen können. Etwas wirklich Ungewöhnliches sollte es sein zu diesem besonderen Geburtstag, eine Überraschung."

Wir?, dachte Karlheinz. Vermutlich warst du es alleine, wenn es unbedingt etwas Originelles sein sollte.

„Da fiel uns ein, dass du immer mal gern mit einem Ballon fliegen wolltest. Ich habe mich erkundigt, wie das geht, aber Hanna meinte, du hättest den Wunsch inzwischen aufgegeben. Es heißt auch, dass die Landung manchmal etwas ruppig sein kann, und das wäre für dich sicher nicht so gut. Also haben wir den Plan verworfen."

Na, Gott sei Dank!, dachte ihr Vater.

„Dann erinnerten wir uns, dass du immer mal gern auf einem historischen Schiff fahren wolltest, weil du so an Geschichte interessiert bist, dem Nachbau einer Hanskogge oder eines Wikingerbootes. Aber das erwies sich als schwierig, und wir mussten auch diesen Plan aufgeben."

Was für ein Glück!, dachte das Geburtstagskind.

„So haben wir schließlich einen Ersatz gefunden: eine Fahrt mit einer historischen Postkutsche. Na – was sagst du nun? Hanna fährt dich nachher nach Grafenhain. Von da aus fährt zweimal die Woche – im Sommer jedenfalls – eine echte alte Postkutsche bis nach Lauterbach. Um neun fährt sie ab. Die Fahrt dauert etwa zwei Stunden. In Lauterbach haben wir in einem Restaurant einen kleinen Saal gemietet, wo wir deinen Geburtstag bei einem guten Essen feiern werden."

Typisch Lydia, dachte Karlheinz. Aber eine gute Idee! Mit einer Kutsche bin ich noch nie gefahren. Jedenfalls ist mir diese Art der Beförderung lieber als die auf dem Wasser oder durch die Luft. Hoffentlich macht sich mein Herz nicht noch stärker bemerkbar! Denn nachdem sie das so liebevoll vorbereitet haben, kann ich unmöglich sagen, ich würde wegen gesundheitlicher Probleme lieber zu Hause bleiben.

„Da freue ich mich sehr! Ich danke euch!"

„Leider zeigte sich bei der Planung, dass bei der Kutsche, die heute fährt, schon einige Plätze von Touristen vorgebucht waren. Nur ein Platz neben deinem war noch frei. Ich habe ausgemacht, dass Alexander und Tanja mitfahren können, sie quetschen sich zusammen auf den einen Platz. Wir andern fahren mit dem Auto nach Lauterbach und nehmen dich, beziehungsweise euch, in Empfang. Einige von deinen Freunden und Bekannten werden auch da sein. Wer das ist, wird noch nicht verraten. Die Kinder sind dann mit der Schule fertig und die anderen Familienangehörigen konnten sich zum größten Teil freinehmen. Wer alles kommt – das soll eine Überraschung sein."

Auch das ist typisch Lydia, dachte Karlheinz. Hanna hätte die Gästeliste mit mir abgestimmt. Nun gut, lasse ich mich überraschen!

„Ich danke euch sehr! Aber so etwas Aufwendiges wäre doch nicht nötig gewesen für einen alten Mann!"

„Für den gerade!", antwortete Lydia. Hanna legte die Hand auf seinen Arm und lächelte ihn an.

Gegen zwanzig vor neun näherten sie sich in Hannas Auto dem Ort Grafenhain. Da hörten sie von hinten eine Polizeisirene näher kommen. Zwei Wagen mit blinkendem Blaulicht überholten. Vor ihnen lag ein gerades Straßenstück, sodass sie sehen konnten, wie die Polizeifahrzeuge bremsten und sich quer auf die Gegenfahrbahn stellten. Bewaffnete Polizisten stiegen aus.

Hanna fuhr langsam auf dem verengten Straßenstück vorbei, unsicher, ob sie das durfte, aber ein Uniformierter drängte sie winkend zur Eile. Als Karlheinz und die Urenkel, die hinten saßen, sich umwandten, konnten sie sehen, wie ein Wagen, der aus dem Ort kam, angehalten wurde.

„Was ist denn da los?", fragte Alexander

„Die suchen sicher jemanden", vermutete seine Großtante Hanna.

„Einen Verbrecher?"

„Keine Ahnung. Hast du was verbrochen, Alexander?"

„Ich doch nicht!"

„Na, dann kann uns ja nichts passieren."

Nach wenigen Minuten kamen sie zur „Poststation", wie ein bemaltes Schild an einem Fachwerkhaus verriet. Die Kutsche stand bereit. Es war ein offenes Gefährt. Vielleicht hatte man das Dach abgebaut, damit Touristen die Aussicht genießen konnten. Bei Regen fuhr sowieso keiner. Der Kutscher war gerade dabei, das zweite Pferd anzuschirren. Leute standen herum, wahrscheinlich die Fahrgäste.

Nachdem Hanna die drei abgesetzt hatte und wieder davongefahren war, näherten sich die Kinder vorsichtig den Pferden.

Ein Mann – etwa dreißig oder etwas jünger, kurzes Haar, Sonnenbrille – trat auf Herrn Fronstetter zu. Er trug Jeans und ein buntes Hemd und hielt eine Baumwolltasche mit dem Werbeaufdruck einer Apotheke in der Hand. „Guten Morgen! Entschuldigen Sie – fahren Sie mit der Kutsche?"

„Ja, ich habe es vor."

„Ich habe eine Bitte, die Sie vielleicht etwas merkwürdig finden. Könnten Sie mir Ihren Platz überlassen? Ich möchte … ich muss … also, die Plätze waren schon alle gebucht. Ich würde Ihnen das Doppelte bezahlen. Oder – sagen Sie mir den Preis! Zweihundert Euro?"

„Sie wollen mir zweihundert Euro geben, um mitfahren zu können? Da muss es Ihnen aber sehr wichtig sein!"

„Ist es auch."

Karlheinz schüttelte den Kopf. „Tut mir leid, aber das geht nicht. Ich muss meine beiden Urenkel begleiten. Außerdem habe ich die Fahrt geschenkt bekommen und ein Geschenk sollte man ja nicht weitergeben, nicht wahr?"

„Na gut, ich frage mal die anderen."

Fronstetter sah verwundert hinter dem Mann her, der nun eine junge Frau ansprach. Die beiden diskutierten eine Weile. Schließlich beobachtete er, wie die Frau nickte und sich von dem Mann sechs Fünfzigeuroscheine auf die Hand zählen ließ, die er aus seinem Baumwollbeutel nahm. Die Frau ging grinsend davon. Vielleicht hatte sie ihm noch hundert Euro mehr abgehandelt.

„Darf ich bitten einzusteigen!", rief der Kutscher, der eine bunte Uniform mit goldglänzenden Knöpfen trug. Er dirigierte die Fahrgäste gleich an ihre Plätze.

Auf der hinteren Bank mit Blick nach vorn saß Karlheinz nun in der Mitte, rechts von ihm der junge Mann, der so viel Geld für die Fahrt bezahlt hatte, und links zwängten sich seine beiden Urenkel auf den Platz, der für einen Erwachsenen gedacht war. Ihnen gegenüber machte es sich ein Ehepaar bequem, beide Mitte vierzig, mit ihrer etwa siebzehnjährigen Tochter. Ihr Sohn wollte vorn neben dem Kutscher auf dem Bock sitzen.

Die Peitsche knallte – vermutlich wäre das nicht nötig gewesen, um die Pferde anzutreiben, aber es wirkte dramatischer als ein Zungenschnalzen. Die Kutsche rollte an. Sie fuhren nicht auf der Hauptstraße, sondern auf einem Wiesenweg aus dem Ort heraus auf den Waldrand zu.

Eine merkwürdig melancholische Stimmung ergriff den alten Mann. Während seine Urenkel nur staunten und glücklich waren, ging ihm der Gedanke durch den Kopf: Vielleicht ist meine Urgroßmutter mit dieser Kutsche gefahren. Sie wohnte in Grafenhain. Vielleicht saß sie auf diesem Platz, auf dem ich jetzt sitze. Sehr wahrscheinlich ist das allerdings nicht, denn sie war Bäuerin und hatte sicher weder das Geld noch bestand die Notwendigkeit, nach Lauterbach zu reisen.

Fronstetters Gedanken hoben sich von seiner augenblicklichen Situation ab, als schwebten sie sozusagen über der Geschichte. Eine Generation folgte der anderen. Und so wie jene, die damals hier rechts und links die Felder bestellt hatten und vielleicht auch mit dieser Kutsche gefahren waren, inzwischen diese Welt verlassen hatten, so würde er, Karlheinz Fronstetter, auch bald nicht mehr hier sein. Die dritte Generation nach ihm, an die er den Staffelstab des Lebens weitergeben würde, saß schon neben ihm.

Der Gedanke beunruhigte den alten Mann merkwürdigerweise gar nicht. Im Gegenteil, es lag etwas Tröstliches darin, dass dies alles so geordnet war. Denn er fand, er war mit seinen fünfundachtzig Jahren und allem, was darin gelegen hat ... Er überlegte: Wie hieß das Wort, das in dem Zusammenhang in der Bibel gebraucht wurde? Richtig: „lebenssatt". Nicht, dass er das Leben satthatte, aber er war lebenssatt. Und über das hinaus, was von den lebenssatten Alten im Alten Testament berichtet wurde, hatte er ja noch die Erwartung des ewigen Lebens in der Gemeinschaft mit Gott.

„Verehrte Fahrgäste!" Die Stimme des Kutschers riss ihn aus seinen Gedanken. Er hatte sich umgedreht, um besser verstanden zu werden, und erklärte: „Sie sitzen in einer echten Kutsche aus dem späten achtzehnten Jahrhundert, die nur aus Sicherheitsgründen hier und da etwas repariert und leicht umgebaut wurde. Wir benutzen für unsere Fahrt die alte Straße, die durch den Wald nach Lauterbach führt. Die Autostraße, über die heute der Verkehr rollt, ist erst später gebaut worden. Heute ist die alte Handelsstraße kaum noch zu erkennen. Nur Eingeweihte wissen, wo sie verläuft. Aber keine Angst, ich kenne mich aus, wir werden uns nicht verirren."

Allgemeines Schmunzeln. Der Mann gegenüber sagte lachend: „Wir haben volles Vertrauen zu Ihnen."

„Anfang des neunzehnten Jahrhunderts fuhr hier täglich die Postkutsche. Das geriet dann in Vergessenheit, durch Bahn und Autos. Erst vor zehn Jahren hatte das Tourismusbüro die Idee, diese Fahrten für Feriengäste wieder aufzunehmen, zweimal die Woche im Sommer. Gerade auch, weil es so eine schöne, stille Landschaft ist, durch die wir fahren. Ich wünsche Ihnen also viel Spaß!"

Sie fuhren nun durch ein idyllisches Seitental mit Äckern und Weiden auf beiden Seiten. Da es eben war, trieb der Kutscher die Pferde zu leichtem Trab an.

Der Herr gegenüber fing plötzlich an zu singen und seine Frau fiel gleich ein: „Hoch auf dem gelben Wagen sitz ich beim Schwager vorn. Vorwärts die Rosse traben, lustig schmettert das Horn. La lala la la laaa la …"

„Schade", sagte der Herr, nachdem sie die Melodie ohne Text zu Ende gebracht hatten. „Man kennt immer nur den Anfang."

Fronstetter half ihm: „Felder, Wiesen und Auen, leuchtendes Ährengold. Ich möcht ja so gerne noch schauen ..."

„Aber der Wagen, der rollt", ergänzten die beiden singend.

„Danke für die Hilfe!", lächelte der Sänger. „Rauch ist mein Name. Meine Frau, unsere Tochter, unser Sohn." Er zeigte der Reihe nach auf die drei, was aber eigentlich nicht nötig gewesen wäre.

„Ich heiße Fronstetter. Und das sind meine Urenkel, untereinander Großcousins. Alexander und Tanja."

„Angenehm! Macht Spaß, nicht wahr?", fragte er die Kinder. Die nickten.

„Und Sie?", fragte Herr Rauch den letzten in der Reihe.

„Ich? ... äh ... Meier."

Karlheinz hatte den Eindruck, der Mann habe sich den Namen gerade erst ausgedacht. Denn wer muss schon überlegen, wenn er gefragt wird, wie er heißt!

„Ich singe gern", plauderte Herr Rauch. „Meine Frau ebenso. Wir sind aktiv bei uns im Gesangverein."

„Aha."

„Können Sie auch die anderen Strophen?"

Karlheinz hatte nicht richtig zugehört, weil gerade wieder so ein Stich durch seine Brust ging. Aber der Schmerz klang schon wieder ab.

„Entschuldigung – was sagten Sie?"

„Ob Sie auch die anderen Strophen kennen von ‚Hoch auf dem gelben Wagen'."

„Ja – lassen Sie mich überlegen! Postillion in der Schenke füttert die Rosse im Flug. Schäumendes Gerstengetränke ... äh ..."

„Irgendwas mit ‚Krug' wahrscheinlich."

„Ja, aber es fällt mir im Moment nicht ein."

„Dann singen wir es eben bis dahin." Er schmetterte los

und seine Frau fiel ein, den Rest der Strophe füllten sie mit „la la" auf. Nur die letzte Zeile war klar: „Aber der Wagen, der rollt." Die Tochter schien das albern zu finden und sich für ihre Eltern zu schämen. Sie wandte sich demonstrativ zur Seite und betrachtete die Kühe auf der Weide neben der Straße, die der Kutsche nachglotzten und sich dann wieder ihrem Gras zuwandten.

Alexander fragte: „Woher kannst du das Lied, Uropa?"

„Das haben wir früher oft gesungen."

Der Kutscher drehte sich um und rief ihnen zu: „Mindestens jede dritte Gruppe, die mit mir fährt, singt das. Ich glaube, der zweite Teil von dem Vers, den Sie eben gesungen haben, war der mit dem Gesicht hinter der Fensterscheibe."

„Ja." Die beiden Herrschaften gegenüber wussten nun selbst weiter. „Hinter den Fensterscheiben lacht ein Gesicht so hold. Ich möchte so gerne noch bleiben. Aber der Wagen, der rollt."

Während das Ehepaar den Text erst sprechend rekapitulierte und dann sang, gingen Karlheinz Bilder durch den Kopf. Ein hübsches Mädchengesicht tauchte auf, das von seiner jungen Luise. Auch andere hübsche Mädchengesichter sind auf einmal wieder da, bei denen er auch gern geblieben wäre. Aber das wäre wohl nicht gut gewesen. So ist der Wagen seines Lebens immer weitergerollt – fünfundachtzig Jahre lang.

„Flöten hör ich und Geigen", ergänzte Fronstetter, „lustiges Bassgebrumm, junges Volk im Reigen, tanzt um die Linde herum, wirbelt wie Blätter im Winde, jauchzt und lacht und trollt. Ich bliebe so gern bei der Linde, aber der Wagen, der rollt."

Während die anderen sangen, dachte er: Heute tanzt niemand mehr um einen Baum, schon gar nicht im Reigen.

Und lustiges Bassgebrumm wird abgelöst durch rhythmisches Wummern aus dem Lautsprecher.

Ja, die Gesichter hinter den Scheiben und das schäumende Gerstengetränk nahmen einen Platz in seinem Leben ein, aber auch so vieles andere. Nicht nur das Singen und Spielen und Lachen – auch die Tränen. Nicht nur das Küssen, auch das Streiten. Aber aus der Perspektive, aus der er jetzt auf sein Leben zurückblickte, verschwamm das alles. Gewissermaßen von weit oben betrachtet, oder wie durch ein Weitwinkelobjektiv, sah der Weg, den sein Lebenswagen gerollt war, ausgeglichen aus. Hochzeiten waren keine gipfelstürmenden Ereignisse mehr, Tiefpunkte verbreiteten keinen Schrecken. Streitereien waren versöhnt, Glücksmomente dankbar registriert, alles war im Gedächtnis abgespeichert, aber irgendwo hinten, schon vom Staub vieler Jahre bedeckt. Und es ist eigentlich auch genug an Erlebnissen, dachte der alte Mann. Es ist nicht viel, was noch fehlen könnte. Kein Ballonflug und keine Seefahrt auf einer Kogge. Und eine Kutschfahrt fehlt nun auch nicht mehr.

Er wunderte sich, dass er so merkwürdig zufrieden war beim Blick auf seine eigene Geschichte. War dieser Blick von oben der Blick Gottes auf sein Leben?, fragte er sich. Vielleicht. Das kann ein Mensch wohl nie sicher wissen. Aber vermutlich war es ein Geschenk Gottes, lebenssatt zu sein.

Der hölzerne Sitz, mit abgewetztem Leder bespannt, war für einen alten Mann nicht besonders bequem, zumal die Kutsche stellenweise über alte Pflastersteine rollte. Er versuchte sich etwas anders hinzusetzen. Dem Mann, der sich Meier genannt hatte, war seine Baumwolltasche, die er meistens fest auf dem Schoß gehalten hatte, nun doch etwas zur Seite gerutscht. Als Fronstetter sie berührte, wunderte er sich über etwas Hartes darin. Es dauerte eine Weile, bis ihm ins Bewusstsein drang, was er da fühlte: Das musste eine Pistole sein!

Ihm schoss das Blut in den Kopf, während er mit der rechten Hand vorsichtig durch das Tuch hindurch den Gegenstand abtastete. Wirklich – ein Lauf, ein Griff, der Bügel, der den Abzug schützt … Er blickte vorsichtig zu seinem Nachbarn, aber der sah nur nach rechts in die Landschaft und hatte nicht mitbekommen, was er entdeckt hatte.

Auf einmal war für Fronstetter alles sonnenklar: Das musste ein Verbrecher sein! Ein Bankräuber vielleicht, der gerade einen Überfall hinter sich hatte. Darum die Polizeisperre auf der Straße. Sie suchten ihn! Ringfahndung hieß das wohl. Der Kerl hatte es gesehen – oder auch nur geahnt – und einen Weg gesucht, aus Grafenhain und dem abgesperrten Bezirk herauszukommen. Da stieß er auf die Kutsche. Er wusste vermutlich, dass sie auf der alten Straße durch den Wald fuhr, wo die Polizei wohl nicht kontrollierte. Darum wollte er unbedingt mit! Darum zahlte er dreihundert Euro – wahrscheinlich von der Beute – für einen Platz in der Kutsche.

Der Alte spürte wieder den Stich in der Brust, diesmal war es mehr ein schmerzhaftes Ziehen. Ruhig bleiben!, redete er sich selbst gut zu. Nicht panisch werden, sondern ruhig überlegen, was zu tun ist!

„Herr Vorstädter?"

„Wie? Nein, Fronstetter."

„Ach ja, Entschuldigung! Ich fragte, ob Sie auch die letzte Strophe kennen."

„Ach so, natürlich. Da geht es doch um …", er schielte nach rechts, „… um den Tod. Sitzt einmal ein Gerippe dort bei dem Schwager vorn, schwingt statt der Peitsche die Hippe, Stundenglas statt dem Horn, sag ich: Ade nun, ihr Lieben, die ihr nicht mitfahren wollt! Ich wäre so gerne geblieben, aber der Wagen, der rollt."

„Genau, so geht es! Dass Sie das alles wissen! Komm, Erna, sing mit!" Und sie sangen, die beiden. Die Tochter holte dabei einen Lippenstift und einen Taschenspiegel hervor und verschönerte sich. Der Sohn schien von allem nichts mitzubekommen.

„Wie denn, ein Gerippe?", fragte Alexander. „So eins, wie es beim Doktor steht?"

Sein Uropa erklärte: „Man hat sich früher den Tod als ein Gerippe vorgestellt ..."

„Ach ja, weil ja von den Menschen nur die Knochen übrig bleiben, wenn sie lange tot sind."

„Richtig. Und das Lied sagt: Wenn das Leben wie eine Kutschfahrt ist, und ein Gerippe auf dem Kutschbock sitzt, ist das, wie wenn uns der Tod holt. Jeder würde wohl gerne noch bleiben, also am Leben bleiben, aber der Wagen rollt weiter. Das Ende ist nicht aufzuhalten. Aber das hat ja bei dir noch viel Zeit, Alexander."

„Hab ich geschnallt. Weil ich ja noch ein Kind bin. Aber ... du bist schon alt."

„Das stimmt. Fünfundachtzig Jahre. Bei mir ist der Weg sehr viel kürzer, den der Wagen noch rollt."

„Ich will nicht, dass du stirbst, Uropa!"

„Darüber entscheidet Gott, mein Junge." Karlheinz lächelte seinen Urenkel an.

Tanja mischte sich in das Gespräch ein: „Uropa, was ist denn ein ... ein ... na, das Ding, was das Gerippe ... statt einer Peitsche ...?"

„Eine Hippe. Das ist ein anderes Wort für eine Sense, mit der man früher Getreide oder Gras gemäht hat, als es noch keine Maschinen dafür gab. Die Hippe, oder die Sense, ist auch ein Zeichen für den Tod. Genau wie das Stundenglas, eine Art Eieruhr, wo der Sand in einer bestimmten Zeit durchrinnt. Das soll heißen: Irgendwann ist für jeden die Zeit abgelaufen."

Frau Rauch sagte – lächelnd, um ihren Einwand nicht so vorwurfsvoll klingen zu lassen: „Aber, aber, Herr Fronstetter! So ein ernstes Thema bei so einem schönen Ausflug! Für so junge Kinder!"

Ihr Mann wandte sich an sie: „Vergiss nicht, Erna, wir haben sie durch unser Lied darauf gebracht."

Es trat eine Pause im Gespräch ein und das freute den alten Mann, weil er sich nun wieder auf die Frage konzentrieren konnte, was er mit dem Mann rechts neben sich machen sollte. Einfach nichts tun? Nicht erkennen lassen, was er entdeckt hatte? Das war vielleicht das Vernünftigste.

Aber konnte es nicht sein, dass die Polizei vielleicht doch noch irgendwo an dieser Straße stand? Vielleicht in Lauterbach? Dann bestand die Gefahr, dass der Kerl einen von ihnen als Geisel nahm, um freien Abzug zu erpressen. Am Ende eins der Kinder! Oder dass er einfach schoss und ein wilder Kugelwechsel sie alle in Gefahr brachte. Außerdem: Selbst wenn keine Polizei kam – es widerstrebte Fronstetters Gerechtigkeitssinn, einen Verbrecher einfach davonkommen zu lassen.

Er musste ihm die Pistole wegnehmen!

Das war natürlich schwierig. Er war selbst unbewaffnet und in seinem Alter bei einem Handgemenge hoffnungslos unterlegen. Aber je länger er nachdachte, desto klarer wurde ihm: Er konnte die Nachteile durch zwei Vorteile ausgleichen. Erstens ahnte der Kerl nicht, dass sein alter Nachbar von der Pistole wusste. Und das bedeutete, er konnte den Überraschungseffekt nutzen. Und zweitens konnte er eine List anwenden, die er sich in Ruhe ausdenken konnte … Und diese List nahm langsam in Fronstetters Kopf Gestalt an.

Vor einiger Zeit noch, vor ein paar Jahren etwa, hätte er sich auf derlei Abenteuer nicht eingelassen. Er hätte viel zu viel Angst gehabt. Aber die Stimmung, in die er heute durch den Rückblick auf sein Leben gekommen war, gab ihm eine ganz ungewöhnliche Ruhe. Natürlich war er nicht ohne Beklemmung bei dem Gedanken an das, was er vorhatte. Sein Herz machte sich auch wieder bemerkbar. Aber eine unerklärliche Leichtigkeit ließ ihn über allen Bedenken schweben, so wie er vorher über seiner eigenen Geschichte geschwebt und dabei gelassen geworden war. Alle Angst – nun, vielleicht nicht alle, aber die meiste – war wie weggeblasen. Doch, er würde es wagen …

Nachdem es etwas langsamer bergauf gegangen war, wurde die Straße im Wald nun eben und die Pferde trabten. Ohne Vorwarnung beugte sich Karlheinz nach rechts über den Schoß des jungen Mannes und rief: „Da! Ein Fuchs!"

Alle blickten in die Richtung, wohin der Alte mit der Linken deutete. Dabei bemerkte niemand, auch der junge Mann nicht, dass er mit der Rechten nach der Baumwolltasche tastete, die zwischen ihnen eingeklemmt war. Er fand den Rand, fuhr mit der Hand hinein und fasste die Waffe. Um sie herausziehen zu können, musste er sich wieder zurückbeugen.

„Wo?", riefen die Kinder, und die Tochter von gegenüber stellte fest: „Ich sehe keinen Fuchs."

„Ich auch nicht", lächelte Fronstetter, richtete sich ein wenig auf und schleuderte die Pistole auf der anderen Seite ins Gebüsch.

„Was war das?", fragte Herr Rauch und drückte damit aus, was alle anderen auch gern wüssten. Nur der falsche Herr Meier wusste, was es war. Aber er wusste nicht, wie er reagieren sollte. Seine Augen blitzten den Alten verwirrt und zornig an. Der legte den Finger auf den Mund, um anzudeuten, Meier täte gut daran, still zu sein.

„Ach, nichts weiter", sagte Fronstetter lächelnd zu den anderen Fahrgästen. „Wie wärs mit einem neuen Lied? Vielleicht: Wem Gott will rechte Gunst erweisen, den schickt er in die weite Welt?"

Der Räuber schien für einige Sekunden mit dem Gedanken zu spielen, abzuspringen und die Pistole zurückzuholen. Aber dann sah er ein, dass das keinen Erfolg versprach. Die Kutsche fuhr ziemlich schnell, sodass es gefährlich wäre, abzuspringen. Und außerdem war die Pistole irgendwo im Gebüsch gelandet, nun schon weit hinter ihnen. Er würde Stunden brauchen, um sie zu finden, wenn das überhaupt möglich war.

Das Sängerpaar hatte den Vorfall bereits vergessen und sang fröhlich ein Volkslied nach dem anderen. Die Tochter fingerte an ihrem Handy herum – anscheinend war die Kutschfahrt für sie eine einzige große Zumutung. Tanja sagte: „Ich will auch einen Fuchs sehen, Uropa! Guckst du mal, ob du noch einen findest?"

„Jetzt geht es wieder bergauf und wir fahren langsamer. Da kannst du mal drauf achten, ob du in den Bäumen ein Eichhörnchen siehst."

Am obersten Punkt der Steigung hielt die Kutsche an. „So, wir gönnen unseren beiden da vorn mal eine kleine Pause. Leider gibt es hier keine Schenke mit einem Postillion. Wenn die Herrschaften vielleicht mal hinter den Büschen verschwinden möchten – ich schlage vor, die Herren rechts und die Damen links."

Alle stiegen aus.

Fronstetter und der falsche Herr Meier suchten das Gespräch, ohne von den anderen gehört zu werden.

„Das zahle ich dir heim, Alter!", zischte der Jüngere.

„Sie sollten sich ganz still verhalten, mit uns kommen und sich in Lauterbach der Polizei stellen", riet Karlheinz. „Sie haben doch keine Chance. Wir alle haben Sie gesehen und können Sie beschreiben. Ihre Beute wird wohl auch kaum ausreichen, sich damit ins Ausland abzusetzen. Sie werden mit Sicherheit geschnappt und …"

Tanja kam heran und unterbrach ihn. „Uropa, warum halten wir hier?"

„Na, falls du mal musst. Es gibt hier kein Klo, aber reichlich Büsche, hinter denen du dich verstecken kannst."

„Ach so, ja, gut." Sie verschwand.

„Sie werden mit Sicherheit geschnappt und verurteilt. Wie wollen Sie verhindern, dass ich Sie anzeige? Indem Sie mich mit einem Knüppel erschlagen? Und dann auch alle sieben anderen, die das beobachten? Falls die sich das gefallen lassen? Nein, Sie tun sich selbst einen Gefallen, wenn Sie sich stellen. Noch ist kein Mensch zu Schaden gekommen. Oder haben Sie etwa in der Bank jemanden …?"

Der Mann schüttelte den Kopf. Fronstetter registrierte erfreut, dass sich so etwas wie Resignation im Gesicht seines Gegenübers abzeichnete.

„Stellen Sie sich! Ich verspreche Ihnen, dass ich vor Gericht ein gutes Wort für Sie einlegen werde. Schließlich haben Sie uns in der Kutsche ja nicht verbrecherisch behandelt." Kaum merklich nickte der falsche Herr Meier.

Der Kutscher rief, alle kamen heran und die Kinder waren schon oben. Herr Meier hielt den Alten an der Schulter fest. Der drehte sich zu ihm um, zunächst erschrocken, weil er fürchtete, der andere wolle vielleicht doch auf ihn losgehen. Aber der hielt ihm nur die Stofftasche mit dem Geld hin.

„Hier, nehmen Sie! Damit es auch glaubhaft ist, dass ich die Sache bereue."

Fronstetter nickte, nahm die Tasche und stemmte sich die hohen Stufen hinauf, wobei ihm der falsche Herr Meier sogar half.

Die Kutsche fuhr in Lauterbach ein. Ehepaar Rauch sang immer noch Sommer- und Wanderlieder. Eine überraschend große Menschenmenge wartete dort, wo die Kutsche anhielt: Fronstetters Nachkommenschaft mit einigen Freunden vom Greis bis zum Säugling, neunundzwanzig Personen. Als Karlheinz ausstieg, wurde er von allen umarmt und beglückwünscht.

Mitten im Trubel rief er: „Ach, Uwe ...!" Ach nein, das war ja Hannas anderer Schwiegersohn! Schrecklich, wenn man schon Mühe hatte, die Mitglieder der eigenen Familie zu sortieren! „Äh, Ernst! Würdest du mir einen Gefallen tun?"

„Natürlich, gern."

„Bring doch bitte diesen jungen Mann, der vielleicht Meier heißt, mit deinem Auto zur Polizei. Er möchte sich dort melden. Und nimm diesen Beutel mit. Vorsicht, da ist viel Geld drin."

Ernst sah ihn an, als habe er ihn gebeten, zum Mond zu fahren.

„Ach ja, und sag ihnen, sie sollen im Wald nach einer Pistole suchen. Auf dem ebenen Stück, nachdem man vom höchsten Punkt heruntergekommen ist, stehen rechts drei Birken. So etwa fünfzig Meter weiter müsste das Ding liegen. Kannst du dir das merken?"

„Also ... ich denke schon." Die beiden Männer stiegen ins Auto und fuhren los.

Eine halbe Stunde später war die Geburtstagsgesellschaft im Restaurant versammelt.

Lydia ergriff das Wort. „Hört mal alle her! Darf ich um

Ruhe bitten! Es dauert noch etwas, bis das Essen beginnen soll. Wir möchten die Zeit nutzen, um einige Bilder von Opas Leben an die Leinwand zu werfen. Uwe – machst du bitte mal die Vorhänge zu? Aber vorher wollen wir noch ein Lied singen, eins von Opas Lieblingsliedern. ,Bei dir, Jesu, will ich bleiben'. Arne, verteilst du bitte mal die Zettel? Agnes begleitet am Klavier."

Das Baby machte sich bemerkbar. Sonja, mit sechzehn das jüngste von Fronstetters Enkelkindern, fragte: „Kann ich ihm das Fläschchen geben?" Das Angebot wurde dankbar angenommen. Sonja verschwand mit dem Kleinen in einem Nebenraum und Tanja begleitete sie.

Agnes machte ein kleines Vorspiel und dann sangen sie.

Diesmal war der Schmerz stärker, der Karlheinz durch die Brust schoss. Er lehnte sich zurück und atmete bewusst ruhig, während die anderen kräftig sangen. Die zweite Strophe versuchte er leise mitzusingen. „Könnt ichs irgend besser haben als bei dir …" Aber es ging nicht. So hörte er nur zu.

Nachdem die dritte Strophe gesungen war, rief Hanna laut: „Wartet mal!" Und zu ihrem Vater sagte sie: „Ist dir nicht gut, Vater? Du bist so bleich! Und du schwitzt!"

Lydia sagte: „Ich wollte sowieso nur drei Strophen singen lassen. Arne hat alle auf den Zettel geschrieben. Die anderen finde ich irgendwie … unpassend."

Alle hörten in der nun entstandenen Stille, wie das Geburtstagskind leise hauchte: „Bitte – auch die anderen Strophen!"

Agnes spielte etwas zurückhaltender und die anderen sangen leiser. „Deines Winks bin ich gewärtig, auch des Rufs aus dieser Welt; denn der ist zum Sterben fertig, der sich lebend zu dir hält."

Der alte Herr Fronstetter rutschte auf seinem Stuhl zusammen. Alle bemerkten es und hörten auf zu singen.

Töchter und Enkel eilten herbei und halfen ihm, sich hinzulegen. Uwe hatte schon das Handy am Ohr, um den Notarzt zu rufen.

„Es war wohl doch zu viel für ihn", murmelte Hanna, „diese lange Fahrt!"

„Und vor allem die Aufregung mit der Verbrecherjagd!", ergänzte Ernst, der wenige Minuten zuvor eingetroffen war.

„Verbrecherjagd?" – „Wovon redest du?" – „Was ist denn passiert?"

Da berichtete Ernst in aller Kürze, was er erfahren hatte. Das allgemeine Erschrecken äußerte sich aber nur in leisen Ausrufen und Kopfschütteln, um den Opa zur Ruhe kommen zu lassen.

Als der Notarzt kam, untersuchte er ihn kurz und bestellte dann den Krankenwagen, der ihn in die Klinik bringen sollte. Ein paar Minuten später war der da. Die Sanitäter, die ihn in den Wagen schoben, waren von einem Pulk trauriger Menschen umgeben. Der Wirt bestätigte auf Lydias Frage, das Essen könne um zwanzig Minuten verschoben werden.

Als alle wieder in den Saal gingen, blieb Alexander im Flur stehen und starrte wie gebannt auf die alten landwirtschaftlichen Geräte, die als rustikaler Schmuck an den Wänden des Eingangsbereiches hingen. Da traf ihn etwas Leichtes am Kopf und schreckte ihn aus seinen Gedanken auf. Es war ein Papierflieger, den Tanja aus einem Liederzettel gefaltet hatte.

„Lass das!", knurrte Alexander unwillig.

„Was ist denn los?", fragte Tanja. „Warum sind denn alle auf einmal so still?"

„Hast du das nicht mitgekriegt? Sie haben Opa ins Krankenhaus gebracht."

Tanja schwieg erschreckt. Hanna streckte den Kopf aus der Saaltür. „Kommt rein, ihr beiden!"

„Da, Oma, guck!" Alexander zeigte auf die Wand.

„Eine Sense. Na und?"

„Das ist eine Hippe, ein Zeichen für den Tod!"

„Unsinn! Das ist ein Gartenwerkzeug, wie es früher in jedem Haushalt gebraucht wurde! Kommt! Was liegt denn da?" Sie bückte sich nach dem Papierflieger. Ihr Blick fiel auf die letzte Liedzeile, die auf der rechten Tragfläche zu lesen war: „Wird mein Auge dunkler, trüber, dann erleuchte meinen Geist, dass ich fröhlich zieh hinüber, wie man nach der Heimat reist."

„Amen", murmelte Hanna.

STETS ZU DIENSTEN

Es gab viel zu tun, als Paul und Gesine Krämer mit ihrem Töchterchen Annika in das alte Haus zogen. Alles musste renoviert werden, tapeziert und gestrichen, der völlig verwilderte Garten musste zum Teil gerodet und umgegraben werden. Aber Ende Juni war das meiste geschafft. Gesine Krämer hatte nur noch zwei Stichworte auf ihrem Merkzettel stehen, die noch nicht durchgestrichen waren: „Rasenmäher kaufen" und „Gemeinde suchen".

Da der Sonntag nahte, wurde das letzte Stichwort vorgezogen. Krämers hatten sich erkundigt – in der Nähe, nur zehn Minuten mit dem Auto, sollte es eine christliche Gemeinde geben.

Annika wollte ihren Hasen im Garten freilassen und aufpassen, dass er sich nicht verlief. Da das Mädchen schon sieben war, durfte man ihr zutrauen, dass das auch gelang. Also machten Paul und Gesine sich auf, fanden die beschriebene Kirche, parkten am Straßenrand, wo schon erstaunlich viele Wagen standen, und näherten sich dem Gebäude.

Am Eingang stand ein Herr, knapp fünfzig, mit einem dünnen Schnauzbärtchen und Glatze, in gut sitzendem Anzug – dunkelblau, mit hellblauem Hemd und blau-grau gestreifter Krawatte. Er kam auf die Krämers zu, rief ihnen schon aus drei Metern Entfernung „Guten Morgen und herzlich willkommen!" zu und streckte erst ihr, dann ihm die Hand entgegen.

„Sind Sie neu hier? Ich freue mich, dass Sie gekommen sind und hoffe, dass Sie sich in unserer Gemeinde wohlfühlen."

Überrascht von so viel Herzlichkeit, schüttelten beide dem Mann die Hand und folgten den anderen Kirchenbesuchern ins Innere des modernen Gebäudes. In einer der hinteren Reihen suchten sie sich ihre Plätze – schließlich waren sie fremd hier und konnten darum unmöglich noch weiter nach vorn gehen.

Leider hatten sie nicht allzu viel vom Gottesdienst und von der Predigt behalten, als sie nach einer guten Stunde wieder nach Hause fuhren. Das mag an der etwas langatmigen Predigt gelegen haben oder daran, dass sie sich in der neuen Umgebung viel umsahen, statt konzentriert zuzuhören. Vielleicht steckte ihnen auch nach den anstrengenden Renovierungsarbeiten einfach die Müdigkeit in den Knochen. Oder es kam alles zusammen.

Eins aber war für Gesine eindrücklich gewesen: Der Herr, der sie am Eingang begrüßt hatte – er war nicht der Pastor –, hatte innerhalb der Liturgie einen Bibeltext aus dem zweiten Korintherbrief gelesen. Gesine hatte nicht alles behalten, aber einiges. „Wir erweisen uns als Diener Gottes", hatte Paulus den Korinther geschrieben, „in Geduld und Nöten ..." Und dann wurde einiges aufgezählt, vor allem aber: „... in Freundlichkeit". Das hatte Gesine sich gemerkt, weil der Mann am Eingang so freundlich gewesen war. Offenbar nahm er diese Ermahnung ernst – und das fand Gesine vorbildlich.

Am Montag, als Paul an der Arbeit war, beschloss Gesine, das letzte Stichwort von ihrem Zettel zu streichen. Ein Rasenmäher musste her! Ohne so ein Gerät war der Garten nicht in Ordnung zu bringen. Annika wollte gern mitkommen. Also bestiegen sie ihren alten Mazda und fuhren in die Stadt.

Wo das Geschäft lag, hatten sie sich beschreiben lassen. Aber sie fand keinen Parkplatz. Mehrmals umrundete Gesine das Einkaufszentrum. Zwar gab es Hinweisschilder zu einem Parkhaus, aber das sollte tausendzweihundert Meter entfernt sein, und die Strecke wollte Gesine nicht gern mit einem neu gekauften Rasenmäher zurücklegen.

Als sie zum dritten Mal das Gebäude umrundet hatte, bemerkte sie eine Lücke rechts am Straßenrand. Also hatte sich das Warten doch gelohnt, jemand hatte seinen Parkplatz während ihrer letzten Runde verlassen. Sie hielt neben dem vor der Lücke stehenden Wagen an, um rückwärts hineinzufahren. In diesem Augenblick kam ein roter Sportwagen von hinten heran und fuhr vorwärts in die Parklücke. Mit dem rechten Vorderrad stand er auf dem Bürgersteig.

„Unverschämter Kerl!", ärgerte sich Gesine. „Der hat doch gesehen, dass ich zuerst da war! Eine Frechheit ist das!"

Sie schaltete notgedrungen vom Rückwärtsgang wieder in den ersten und fuhr los.

Annika kurbelte die Scheibe rechts hinten herunter und rief: „Frecher Kerl!"

„Sei still!", mahnte ihre Mutter. „So was sollten Kinder nicht zu Erwachsenen sagen."

„Aber du hast selbst gesagt, dass er ein frecher Kerl ist."

„Aber nur so, dass er es nicht hören konnte", murmelte Gesine. Nun also doch das Parkhaus.

Eine gute halbe Stunde später standen sie in der Fachabteilung für Gartengeräte. Welche Überraschung – der Verkäufer war der freundliche Herr an der Kirchentür von gestern. „Guten Tag!", grüßte Gesine und lächelte. Der

Verkäufer lächelte zwar auch, aber Gesine merkte, dass er sie offenbar nicht wiedererkannte.

„Womit kann ich Ihnen dienen, gnädige Frau?" Gesine hatte gemeint, der Ausdruck „gnädige Frau" sei längst aus dem deutschen Sprachschatz verschwunden, aber da musste sie sich wohl geirrt haben.

„Ich brauche einen Rasenmäher."

„Sehr wohl. Elektrisch oder mit Benzinmotor? Vor allem gibt es sie in unterschiedlicher Schnittbreite. Wir haben selbstverständlich auch solche, auf denen Sie sitzen können. Die müsste ich Ihnen dort hinten zeigen. Wenn Sie sich nicht die Mühe mit dem Benzinmotor machen wollen und einen elektrischen vorziehen, aber die Mühe mit dem Kabel scheuen – es gibt auch Modelle mit einem Akku. Allerdings hat es sich bewährt ..."

Der Mann redete und redete, viel mehr noch als gestern in der Kirche. Gesine war bald völlig verwirrt von den technischen Einzelheiten, zumal Annika ihr dauernd am Ärmel zupfte und etwas sagen wollte. Aber Gesine schüttelte sie ab und versuchte, sich auf die fachliche Belehrung über die Kunst des Rasenmähens zu konzentrieren. Es dauerte lange, aber endlich hatte sie sich für ein Modell entschieden. Der Verkäufer eilte zur Kasse, um eine Garantiekarte auszufüllen.

Endlich hatte Frau Krämer Zeit, sich ihrer Tochter zu widmen. „Ich hab dir doch schon oft gesagt, Annika, du sollst nicht unterbrechen, wenn Erwachsene sich unterhalten."

„Aber ich wollte doch nur sagen: Der war es!"

„Ich weiß es doch längst. Das war der Mann in der Kirche ..." Auf einmal stockte sie. „Aber woher weißt du das? Du warst doch gar nicht mit!"

„Nein, das war der Mann in dem roten Flitzer, der uns den Parkplatz weggenommen hat."

„Was? Der war das? Du musst dich irren!"

„Nein, Mama! Ich weiß es ganz genau. Ich hab ihn doch gesehen. Der wars!"

Gesine Krämer war tief enttäuscht. Kann es sein, fragte sie sich, dass Menschen überaus freundlich sind zu Leuten, denen sie sich verpflichtet fühlen oder denen sie etwas verkaufen wollen, aber gegenüber Unbekannten sind sie selbstsüchtig? Wenn sie nicht erkannt werden, zeigen sie ihr wahres Gesicht, aber wo es ihnen Achtung einbringt, verbergen sie es hinter einer freundlichen Maske? Oder gelten die biblischen Ermahnungen nur in der Kirche und ihrem näheren Umfeld?

Mutter und Tochter folgten dem Verkäufer zur Kasse. Gesine zahlte mit der EC-Karte und ... ja, und jetzt?

Der Verkäufer sagte: „Ich helfe Ihnen gern, der Mäher ist ja nicht leicht für eine Frau. Wo haben Sie denn Ihr Auto stehen?"

„Äh, also, unten an der Straße hatte ich einen Parkplatz, bis ..."

„Alles klar! Ich helfe Ihnen selbstverständlich. Stets zu Diensten, wie man so sagt."

„Aber es ..."

„Kein Aber, Frau ..." Er schaute auf seinen Zettel. „Frau Krämer. Ich bringe Ihnen das Gerät zu Ihrem Wagen. Und lade es Ihnen in den Kofferraum."

Na schön, dachte Gesine, und begann heimlich zu schmunzeln.

Es dauerte etwa fünf Minuten, bis die drei Personen plus Rasenmäher mithilfe des Aufzugs vor den Eingang kamen.

„Hier rechts oder links?", fragte der Verkäufer, schon ein wenig außer Atem.

„Rechts, bitte", antwortete Gesine. „Hier, wo der rote Sportwagen steht, hätte ich schon fast einen Parkplatz gehabt. Aber gerade als ich rückwärts einparken wollte, setzte sich dieser freche Kerl da hin. Leute gibts! Man sollte es kaum glauben! Also musste ich ins Parkhaus fahren."

Der Mann starrte sie an, sein Kopf wurde fast so rot wie sein Sportwagen und der neue Rasenmäher.

„Ist was?", fragte Gesine scheinheilig. „Oh – ist es Ihnen zu weit bis zum Parkhaus? Dann muss ich wohl …"

„Nein, nein, das mache ich natürlich!", stotterte der Verkäufer. „Es … wäre eine Zumutung für eine Frau. Ich … Na, gehen wir!"

„Ja, es gibt so manche Zumutungen. Tut mir leid, dass Sie sich nun so bemühen müssen. Bedanken Sie sich bei dem frechen Kerl, dem dieser rote Sportwagen gehört."

Annika schien langsam zu begreifen, was hier vorging, und hatte ihren Spaß daran. Sie ließ sich aber nichts anmerken.

Es wurde noch viel schlimmer. Im Parkhaus angekommen, stellten sie fest, dass der Aufzug außer Betrieb war. So musste der schwere Rasenmäher die enge Treppe hinaufgeschleppt werden. Gesine bot ihre Hilfe an. Sie fasste den Griff des Mähers und der Mann musste das schwere Ende nehmen. Keuchend und ziemlich erschöpft kamen sie bei Krämers altem Mazda an und wuchteten das Ding in den Kofferraum, nachdem der Griffbügel umgeklappt war.

„Ich danke Ihnen sehr!", sagte Gesine freundlich.

„Bitte!", keuchte der Mann, ohne weiteren Zusatz.

„Es ist doch schön, dass es noch freundliche Menschen gibt", fuhr Gesine fort. „Oft sind das die, die sich nach der Bibel richten, wo gesagt wird, dass wir freundlich sein sollen." Eine Art Übermut hatte Gesine gepackt und sie fuhr fort: „Wir sollen uns in allen Dingen als Diener Gottes erweisen. Zum Beispiel durch unsere Freundlichkeit. Kennen Sie das Wort, das Paulus an die Korinther schrieb?"

Einige Augenblicke sah der Verkäufer seine Kundin an, verwirrt, verunsichert. Dann murmelte er: „Ja ... äh ... das kenne ich. Sie offenbar auch."

„Ja, ich auch. Erst gestern habe ich es in der Kirche gehört. Schade, dass viele das Wort Gottes heute nicht mehr kennen. Oder nicht beherzigen. Wie viel einfacher hätten wir es gehabt, wenn zum Beispiel der Mann mit dem roten Sportwagen in der Kirche gewesen wäre und die Ermahnung ... Na, lassen wir das. Also nochmals – vielen Dank!"

„Ich ... Ich danke für den Einkauf", murmelte der Mann, und dann war er auch schon verschwunden.

Er war kaum außer Sicht, da begann Annika laut zu prusten. Mutter und Tochter stiegen ein und mussten erst einmal gründlich lachen, ehe sie losfahren konnten.

FINDERLOHN

Am Montag früh um halb sieben saß Karl Bönninghausen auf einer Bank und beobachtete mit seinem Fernglas ein Pärchen Blaumeisen, das offenbar mit dem Nestbau beschäftigt war. Die Bank, auf der er saß, stand auf dem höchsten Punkt, von dem aus man eine weite Aussicht ins Tal hatte. Wollte man noch höher hinauf, müsste man in den Wald. Im Tal lag noch ein leichter Dunst, aber hier oben war es klar. Ein herrlicher Morgen! Genau das Richtige für Karl, den rüstigen Rentner, um sich seinem Hobby, der Vogelbeobachtung, zu widmen.

Als Karl das Glas zur Seite schwenkte, um eine Blaumeise bei ihrem Flug zu verfolgen, bekam er einen Mann ins Visier, der mit seinen Nordic-Walking-Stöcken den Berg hinaufstapfte. Er korrigierte ein wenig die Schärfeneinstellung. Ja, er erkannte den Wanderer: Michael Platt. Auch ein Rentner, der sich freuen konnte, noch beweglich zu sein, und der alles dafür tat, diesen Zustand so lange wie möglich zu erhalten.

Warum blieb Michael stehen? Konnte er nicht mehr und musste verschnaufen? Nein, er bückte sich. Offenbar hatte er etwas gefunden und hob es auf. Ja, jetzt konnte Karl es deutlich sehen: einen Geldbeutel. Michael öffnete ihn und schaute hinein. Karl konnte zwar nichts von Inhalt erkennen, aber unübersehbar war das zufriedene Grinsen in Michaels Gesicht. Er schaute sich um, ob niemand in der

Nähe war, steckte dann die Börse ein und wanderte fröhlich weiter.

Etwa zwölf Minuten später kam Michael bei der Bank an.

„Morgen, Karl!"

„Morgen, Michael!"

Der Ankömmling setzte sich neben Bönninghausen, streckte die Beine aus und wurstelte seine Handgelenke aus den Schlingen seiner Walkingstöcke.

Während Karl das Glas weiter vor die Augen hielt, überlegte er. Sollte er Michael sagen, dass er ihn beobachtet hatte, als er den Geldbeutel aufhob? Nein! Erstens war Karl ein Mensch, der sowieso nicht mehr redete, als unbedingt nötig war – er konnte sich auch keinen Vogelbeobachter vorstellen, der ein Schwätzer war. Und zweitens fand er, Michael sollte von allein draufkommen, dass er den Fund abgeben musste. Wenn er es nur tat, weil er sich beobachtet wusste, war seine „Ehrlichkeit" nicht viel wert. Ob er gar beleidigt wäre, wenn Karl ihn aufforderte, das Ding abzugeben?

„Du bist wohl oft hier und guckst dir die Vögel an?", fragte Michael. Aber es war eigentlich keine Frage, denn sie hatten sich hier schon öfter getroffen, sondern eher ein Versuch, ein unverfängliches Gespräch in Gang zu bringen.

„Hm." Karl nickte, dass die Büsche vor seinen Augen tanzten.

„Kannst wohl von hier oben jeden sehen, der näher kommt, wie?"

Aha, dachte Karl, er tastet sich behutsam vor, um herauszukriegen, ob ich ihn beobachtet habe. „Ich achte mehr auf die Vögel", sagte er ausweichend.

Aber wenn er wissen will, ob ich ihn gesehen habe, muss man wohl daraus schließen, dass er seinen Fund behalten will, wenn niemand ihn beobachtet hat. Soll ich sagen, was ich gesehen habe? Ich werde es ihm nicht direkt sagen, sondern vorsichtig andeuten.

„Man kann viel Schönes sehen. Neulich zum Beispiel – na ja, neulich ist übertrieben, es war schon vor zwei Jahren oder so – habe ich eine Elster beobachtet. Sie hat bei Sanders im Garten etwas geklaut, was da auf einem Gartentisch lag. Was Glänzendes, wie es die Elstern lieben. Konnte aber nicht erkennen, was es war."

„Tatsächlich?"

„Ja. Aber Vögel wissen ja nicht, was Stehlen ist. Sie haben keine Moral. Bei Menschen ist das anders. Die wissen, was Recht und Unrecht ist. Die haben eine Moral."

„Hm."

„Oder auch nicht."

Beide schwiegen. Die Blaumeisen waren nicht mehr zu sehen. Karl suchte erst das Gebüsch und dann den Himmel ab. Da oben entdeckte er eine Lerche. Leise pfiff er vor sich hin. Erst nach einer Weile fiel ihm auf, was er da pfiff: „Geh aus, mein Herz, und suche Freud." Wahrscheinlich war er darauf gekommen durch die Strophe: „Die Lerche schwingt sich in die Luft."

„Ich geh dann mal weiter", sagte Michael Platt, stand auf und bewaffnete sich mit seinen zwei Stöcken.

Karl nickte nur.

„Schönen Tag noch!", grüßte Michael und ging los, weiter hinauf in den Wald.

Ein Bussard kreiste über dem Tal. Der suchte wohl Beute? Allmählich erweiterte der Vogel seinen Suchradius und näherte sich dem Punkt, an dem Karl saß. Der senkte sein Glas nach unten, um vielleicht ein Mäuschen oder ein anderes Beutetier zu sehen, auf das es der Bussard abgesehen haben könnte. Dumm eigentlich, denn im Gras war ein

Mäuschen auch mit dem Fernglas von hier aus nicht zu sehen.

Dafür aber sah er wieder einen Mann, den er kannte: Armin Laufer. Armin, der ein paar Jahre jünger als Karl war, hatte den Blick auf den Boden gerichtet und wendete den Kopf hin und her. Offensichtlich suchte er etwas. Darum dauerte es auch über eine Viertelstunde, bis er oben bei Karl angekommen war.

„Morgen, Karl."

„Morgen, Armin."

„Du hast nicht zufällig einen Geldbeutel gefunden, Karl?"

„Ich? Nein." Das war, genau genommen, nicht gelogen. Aber mehr wollte Karl nicht sagen. Michael sollte seine Chance bekommen, selbst seinen Fund zu melden. Wenn er es nicht tat, konnte Karl ja immer noch eingreifen.

„Ich muss ihn gestern Abend beim Joggen verloren haben. Hier herauf bin ich gejoggt, und dann wieder runter. So ein Mist!"

„Tut mir leid, Armin!"

Armin Laufer ging noch bis zum Waldrand, kehrte wieder um und suchte auf dem Rückweg noch einmal sorgfältig.

Am Dienstag früh um halb sieben saß Karl Bönninghausen wieder auf seiner Lieblingsbank. Diesmal war es neblig und sein Blick durchs Fernglas reichte nicht weit.

Darum bemerkte er Michael Platt erst, als er nur noch gut hundert Meter entfernt war. Der keuchte heute etwas mehr, als er schließlich bei der Bank ankam. Vielleicht wegen der schwereren feuchten Luft.

„Morgen, Karl."

„Morgen, Michael."

Etwa fünf Minuten saßen sie schweigend nebeneinander.

Karl suchte vergeblich nach einem Vogel. Die schienen heute keine Lust zum Fliegen zu haben.

„Gestern", murmelte er schließlich, „als du weg warst, kam Armin Laufer hier vorbei."

„Hm."

„Ich hatte ihn lange nicht gesehen. Du? Hast du ihn in letzter Zeit mal getroffen?"

„Nein."

„Er suchte etwas, das er verloren hatte. Beim Joggen. Seinen Geldbeutel."

„Ach …"

„Ja."

Wieder schwiegen sie, jeder war mit seinen Gedanken beschäftigt. Michael grübelte, ob Karl wohl etwas wusste oder ahnte und ihm das andeuten wollte. Und Karl überlegte, ob er ebendies noch etwas deutlicher tun sollte. Schließlich rang er sich dazu durch.

„Als ich damals die diebische Elster beobachtet habe, da dachte ich: Ob sie anders handeln würde, wenn sie wüsste, dass sie beobachtet wird? Ist natürlich eine blöde Frage. So was denken nur Menschen. Sie machen ihr Verhalten davon abhängig, ob sie gesehen werden oder ob sie sich unbeobachtet glauben."

Michael sah den anderen wortlos an, dann wandte er den Blick ab.

„Aber irgendwie …", fuhr Karl fort, „irgendwie sind wir ja immer beobachtet. Von Gott, meine ich."

„Daran glaube ich nicht!", trotzte Michael.

„Macht nichts. Er sieht uns trotzdem."

„Quatsch! Wenn ich sage, ich glaube nicht an Gott, dann heißt das, ich glaube, dass es ihn nicht gibt. Und wenn es ihn nicht gibt, dann sieht er mich auch nicht."

Karl antwortete nicht, suchte nur den Nebel nach Vögeln

ab. Es wirkte auf Michael, als würde er da oben am Himmel nach Gott suchen.

„Außerdem", fuhr Michael fort, „ist heute verpönt, aus pädagogischer Sicht, was früher üblich war. Nämlich dass man den Kindern Angst machen wollte vor dem Gott, der alles sieht. Um zu erreichen, dass sie sich ordentlich benehmen."

Karl schwieg weiter. Schließlich forderte Michael ihn auf: „Hat es dir die Sprache verschlagen? Sag was!"

„Hm. Schön, ich sage was. Erstens ist es mir egal, was verpönt ist oder grade in Mode. Mich interessiert die Wahrheit. Ich kann mir nicht vorstellen, dass Gott die Augen zumacht, nur weil es bei den Menschen gerade verpönt ist, davon zu reden, dass er alles sieht."

„Und zweitens?"

„Zweitens habe ich meine Kinder nicht mit solchen Drohungen erzogen und Elke tut es mit meinen Enkeln auch nicht. Ich habe immer gesagt: Gott sieht natürlich, was wir tun. Aber er sieht auch, wenn es Anlass gibt, sich über uns zu freuen. Er sieht auch, wenn wir besondere Hilfe brauchen, wenn er uns schützen muss. Und wenn wir einen verkehrten Weg gehen, warnt oder korrigiert er uns."

Beide schwiegen wieder, bis Michael sagte: „Ich gehe dann. So eine Predigt am frühen Morgen muss erst verdaut werden."

„Du wolltest, dass ich sage, was ich denke."

„Ja, ja, ist schon gut."

Michael stand auf und ging in den Wald. Er hätte nicht zu sagen gewusst, welche Frage ihn mehr beschäftigte: ob Gott ihn sah oder ob Karl ihn gesehen hatte.

Am Mittwoch früh um halb sieben saß Karl Bönninghausen auf seiner Bank oben am Berg. Heute war das Wetter klar. Er hatte das Fernglas vor den Augen und beobachtete ein ... ja, das musste wohl ein Gartenrotschwänzchen sein, obwohl es hier von den Gärten und Häusern weit entfernt war.

Das Klicken von Michaels Nordic-Walking-Stöcken machte ihn auf den Ankömmling aufmerksam.

„Morgen, Karl."

„Morgen, Michael. Da – ein Gartenrotschwänzchen. Willst du mal?" Er hielt ihm das Fernglas hin. „Da bei dem Schlehenbusch."

Michael nahm das Glas und blickte hindurch. Er sah keinen Vogel, sagte aber nichts dazu, brummte nur „Hm" und gab es zurück.

„Ich war übrigens bei Armin Laufer."

„Hm."

„Ich hatte seinen Geldbeutel gefunden, vorgestern. Den hab ich ihm gebracht. Du hast mir ja gesagt, dass er den vermisste."

„War viel drin?"

„Ja, ziemlich viel. Dreihundertneunzehn Euro und zweiunddreißig Cent."

„So viel!"

„Ja, hab ich Armin auch gesagt. So viel trägst du beim Joggen mit dir herum?"

Als Karl nichts antwortete, sagte Michael nach einer Weile: „Da oben ist ein Bussard."

Karl setzte das Glas ab, suchte den Raubvogel am Himmel und setzte es wieder vor die Augen.

„Schön! Ein stolzer Vogel!"

„Der soll ja so gute Augen haben", meinte Michael. „Viel schärfer sieht er als wir Menschen. Kann von oben die kleinste Beute entdecken."

„Stimmt."

„Erinnert so ein bisschen daran, wie früher immer gesagt

wurde, im Kindergottesdienst: Gott sieht vom Himmel herunter alles."

Karl sah den anderen an, um in seinem Gesicht zu lesen, ob der ihn provozieren wollte. Das schien aber nicht der Fall zu sein.

„Guck nicht so erstaunt!", grinste Michael. „Ich dachte eben, man kann es ja nie genau wissen, ob man beobachtet wird."

Karl nickte. Dann zog er sein Taschentuch heraus und putzte das Okular seines Fernglases. „Hat dir Armin Finderlohn angeboten? Ich meine, bei über dreihundert …"

„Hat er, aber das hab ich natürlich abgelehnt. Da wäre ich mir doch zu schäbig vorgekommen."

Karl steckte das Taschentuch wieder ein.

„Mal ganz offen und ehrlich, Karl! Hast du mich beobachtet, als ich das Geld gefunden habe?"

„Ja."

„Warum hast du das nicht gesagt?"

„Warum sollte ich? Es ist doch besser, dass du selbst gemerkt hast, was zu tun war."

„Das stimmt, ja. Ich habe den ganzen letzten Abend überlegt: Was ist besser, dreihundertneunzehn Euro oder ein gutes Gewissen? Ehrlich, wenn wir nicht geredet hätten, wäre das für mich gar keine Frage gewesen. Ich hätte das Geld bedenkenlos genommen. Aber dann … Na ja, irgendwie fand ich gestern Abend, ein gutes Gewissen ist auch was wert. Vielleicht sogar mehr als dreihundert Euro."

Karl nickte, dann beobachtete er wieder den Bussard. Als Michael schon glaubte, das Thema wäre erledigt, murmelte Karl: „Was Wert hat, hängt von der Sicht ab, die jemand hat."

„Wie meinst du das?"

„Stell dir vor, die Elster entdeckt im Garten zwei Ringe.

Einen goldenen Fingerring und einen verzinkten zum Auf-
reißen der Coladose. Der goldene ist aber verdreckt oder
blind, jedenfalls glänzt er nicht. Der Dosenring aber blitzt
in der Sonne. Welchen nimmt die Elster?"

„Den glänzenden wahrscheinlich."

„Genau, weil sie nicht den absoluten Wert einschätzen
kann. Sie sucht nur, was glänzt."

„Hm", nickte Michael, „verstehe. Damit willst du sagen,
was uns wertvoll scheint, ist vielleicht in Wirklichkeit wert-
los. Und was wir nicht schätzen, ist unter Umständen, aus
höherer Warte betrachtet … verstehe."

„Aus Gottes Sicht ist Ehrlichkeit, Gottesfurcht …"

„… ein gutes Gewissen …"

„… mehr wert als dreihundertzwanzig Euro. Auch mehr
als dreihunderttausend, überhaupt als Geld."

„Da hast du wahrscheinlich recht."

Karl richtete das Glas wieder auf den Schlehenbusch.
„Wenn ich nur wüsste, ob das … Guck du doch mal! Ist das
ein Gartenrotschwänzchen?" Er reichte Michael das Fernglas noch einmal, der nahm es auch und blickte hindurch.

„Ich verstehe davon doch gar nichts. Ich kann mit einiger
Sicherheit höchstens einen Spatz von einem Storch unterscheiden."

„Na, macht nichts, was das für ein Vogel ist. Nicht wichtig." Karl senkte das Glas, als Michael es zurückgab, auf
den Schoß.

„Übrigens", bemerkte Michael, „hat Armin, als ich einen
Finderlohn ablehnte, darauf bestanden, mich wenigstens
für Sonntag einzuladen. Da gäbe es ein tolles Essen, sagt er,
seine Frau macht einen wunderbaren Entenbraten."

„Und? Gehst du hin?"

„Ich hab gesagt, ich komme, aber unter einer Bedingung.
Dass ich noch jemand mitbringen kann."

„Aber deine Frau ist doch schon … wie lange? – zehn Jahre tot."

„Ich habe gesagt, ich würde gern Karl Bönninghausen mitbringen."

Karl grinste, sagte aber nichts.

„Weil der", ergänzte Michael, „irgendwie auch daran beteiligt ist, dass Armin sein Geld zurückhat."

„Den Grund hast du ihm aber nicht genannt?"

„Nein", lächelte Michael etwas verlegen. „Aber sag – kommst du mit?"

Karl nickte. „Bin zwar ein Freund der lebendigen Vögel. Aber wenn die Ente gut gebraten ist …"

Sie sahen sich an und dann lachten sie beide.

UNFALLFOLGEN

„Guten Tag! Frau Kransky, nicht wahr?"

„Ja."

„Wir hatten telefoniert. Schmidt-Lüders ist mein Name. Ich bin gebeten worden, Ihren Pfarrer zu vertreten, der im Urlaub ist."

„Ja, das sagten Sie schon am Telefon. Kommen Sie rein, Herr …"

Die Frau hat verweinte Augen, man sieht es auf den ersten Blick. Sie tritt zur Seite und weist mit der Hand den Weg ins Wohnzimmer. Der Pfarrer aus dem Nachbarort tritt ein.

Dort sitzt ein älterer Herr, vermutlich der Vater von Frau Kransky, vielleicht auch der Schwiegervater. Jedenfalls wohl der Opa des verunglückten Mädchens.

Er steht auf, als Schmidt-Lüders auf ihn zukommt und ihm die Hand reicht. „Guten Tag, Schmidt-Lüders. Ich bin gebeten worden, die Trauerfeier für die kleine Anna zu halten. Ich bin Pfarrer in Hellbrunn."

„Velten", stellt sich der Mann vor. Aha, also wohl der Vater.

Als alle drei sitzen, sagt der Besucher: „Liebe Frau Kransky, lieber Herr Velten, zunächst liegt mir daran, Ihnen mein herzlich gemeintes Beileid auszusprechen. Es muss ein großer Schmerz sein, sein Kind zu verlieren. Auch noch auf so tragische Weise. Beziehungsweise sein Enkelkind."

„Danke", sagt die Mutter nur.

„Ihr Mann ist nicht da?"

Die Frau schüttelt den Kopf. Stattdessen antwortet ihr Vater. „Er wollte unbedingt an die Arbeit gehen. Er sagte, wenn er hier zu Hause sitzt und dauernd darüber nachdenkt, hält er es nicht aus. Arbeit lenkt ihn ab. Ich finde ja, es wäre seine Pflicht gewesen, seiner Frau beizustehen. Sie muss schließlich hier ..."

„Ach Papa! Lass das doch jetzt!", sagt Frau Kransky leise.

Um die Verlegenheit zu überbrücken, fragt Schmidt-Lüders: „Anna war sechs, nicht wahr?"

„Ja, vor zwei Monaten sechs geworden. Sie sollte in die Schule kommen. Hat sich schon darauf gefreut."

Der ältere Herr ergänzt: „Sie war ein aufgewecktes Kind. Fröhlich und ... und wissbegierig."

„Mein Vater ist oft mir ihr spazieren gegangen."

„Tierlieb war sie auch. Falls Sie das in Ihrer Ansprache erwähnen wollen."

Schmidt-Lüders antwortet: „Was ich über sie sagen kann, weiß ich natürlich noch nicht."

Herr Velten fragt: „Werden Sie auch erwähnen, was geschehen ist? Wie es zu diesem schrecklichen Unfall kam?"

Der Pfarrer wiegt den Kopf. „Ich weiß nicht, ob das so gut wäre. Das würde nur den Schmerz neu ... Also, ich würde mich lieber darauf beschränken, etwas Tröstliches ... Aber Sie können es mir erzählen, damit ich es wenigstens weiß. Was ich in der Zeitung las, war sehr ungenau. Da waren wohl bei Redaktionsschluss noch keine Einzelheiten bekannt."

„Das muss Ihnen meine Tochter schildern. Ich war ja nicht dabei. Oder soll ich lieber, Renate?"

Die nickt: „Ja, erzähl du!"

Herr Velten berichtet: „Sie waren auf dem Weg in die

Stadt, wollten verschiedene Dinge einkaufen, die wir hier im Dorf nicht kriegen. Unter anderem ein Paar Schuhe für Anna. Deswegen war sie dabei. Mein Schwiegersohn saß am Steuer. Da, auf einer ziemlich geraden Strecke der Bundesstraße ... sie fuhren nicht schnell ..."

„Nur achtzig vielleicht", ergänzt die Tochter.

„Da überholt sie ein BMW. In rasendem Tempo. Es kam aber ein Auto entgegen. Anscheinend hatte sich der Idiot in dem BMW verschätzt und geglaubt, er kann noch überholen, es reicht noch vor der nächsten Kurve. Es gibt da – ich weiß nicht, ob Sie die Strecke kennen, es gibt da eine Linkskurve, wo links ein Bauernhof steht. Die Scheune, eine große alte Fachwerkscheune, verdeckt die Sicht. Man kann nicht sehen, ob ein Auto entgegenkommt. Es kam aber eins ..."

Plötzlich durchzuckt es Schmidt-Lüders. Ein Bild erscheint vor seinem inneren Auge. Er sitzt in seinem Auto, überholt einen Langsamfahrer, links vorn steht ein großes Fachwerkgebäude, ein Auto kommt ihm entgegen. Schafft er es noch? Er drückt das Gaspedal bis zum Anschlag und zieht das Steuer nach rechts, gerade noch so, dass der entgegenkommende Wagen vorbeirast.

Das habe ich doch erlebt!, schießt es ihm durch den Kopf. War ich das? Habe ich den Unfall verschuldet? Ihm wird schwindelig und er kann erst mal überhaupt nichts denken.

Der Mann hat inzwischen weitererzählt. „... war so erschrocken, dass er das Steuer herumriss, um nicht mit dem Kerl zusammenzustoßen. Anscheinend war der Ausschlag aber zu heftig, sodass ihr Wagen aus der Spur kam – also, er rutschte irgendwie. Er kam rutschend auf den Seitenstreifen, rechts, und weil es da so ein oder zwei Meter runtergeht ... So war es doch, oder, Renate?"

Seine Tochter nickt nur.

„Jedenfalls hat sich der Wagen überschlagen. Meine

Tochter und mein Schwiegersohn konnten sich schnell befreien und hatten nur ein paar Prellungen. Aber Anna – die Scheibe war zerbrochen und die Scherben …"

Frau Kransky macht eine heftige Bewegung mit dem Arm. Ihr Vater versteht und beendet seine Schilderung. „Der Kerl ist einfach weitergefahren! Vielleicht hat er noch nicht mal bemerkt, was er angerichtet hat. Andere Autofahrer hielten an und verständigten Krankenwagen und Polizei. Aber …" Er breitet die Hände aus als Ersatz für die Bemerkung: Es war zu spät.

Eine Weile spricht niemand. Schmidt-Lüders kann sich nicht auf das Gespräch konzentrieren. In Gedanken – wenn man die Bilder, die ihm durch den Kopf schießen, überhaupt Gedanken nennen kann – ist er auf der Straße und erlebt die Situation. Mal mit seinen eigenen Augen aus dem BMW heraus, mal so, als schwebe er darüber und beobachte alles von oben.

„Herr Pfarrer?"

Die Frage schreckt ihn auf. „Entschuldigung, ich …ich versuche mir vorzustellen …Und das war ein BMW?"

„Ja", sagte Frau Kransky, „mein Mann sagt, dass es ein BMW war. Ich kann so was nicht … Jedenfalls war es ein Kombi, oder wie nennt man die, die hinten so einen längeren Kofferraum haben? Aber die Polizei hat ihn bis jetzt nicht ausfindig machen können."

„Dieser gemeine Hund! Verursacht durch sein rücksichtsloses …"

Wieder schneidet die Tochter ihm das Wort ab. „Das ist nicht das größte Problem, dass der Schuldige nicht gefunden wird."

„Ich weiß, mein Kind. Selbst wenn er gefunden würde, würde das unsere liebe Anna auch nicht zurückbringen."

Wieder herrscht Schweigen. Vater und Tochter wundern

sich, dass der Pfarrer so merkwürdig still dasitzt, als wäre er mit den Gedanken ganz woanders. Müsste er nicht das Gespräch lenken, als Seelsorger, der es gewöhnt ist, den Menschen in Not seelischen Beistand zu leisten?

„Herr Pfarrer?"

Schmidt-Lüders zwingt sich in die Gegenwart zurück. „Ja, das ist … das ist wirklich furchtbar! Äh … entschuldigen Sie bitte, ehe wir Einzelheiten der Beerdigung … mir ist da gerade etwas eingefallen … ich muss noch mal kurz fort. Entschuldigen Sie! Es tut mir leid! Ich …" Er steht auf. „Ich komme noch mal wieder."

„Wenn Sie gegen Abend kommen, ist mein Mann auch da."

„Ja, dann werde ich … also, bis dann …"

Als der Pfarrer eilig die Stube verlässt, sehen sich Vater und Tochter erstaunt an. Herr Velten steht auf, um den Besucher bis an die Haustür zu begleiten. Aber das ist schon gar nicht mehr möglich, der ist schon draußen.

Pfarrer Schmidt-Lüders sitzt in seinem BMW und hat den Kopf auf das Lenkrad gelegt. Eine Weile sitzt er so da und versucht zu überlegen, was nun zu tun ist. Aber er kann nicht klar denken. Nur der eine Gedanke quält ihn: Ich bin schuld! Ich habe ein Kind getötet! Ich habe diese Menschen ins Unglück gestürzt!

Irgendwann lässt er den Motor an und fährt los. Er hat keinen Plan, aber wie automatisch fährt er zu der Bundesstraße, wo das Unglück passiert sein muss.

Es dauert etwa zwanzig oder fünfundzwanzig Minuten, dann ist er an der Stelle. Da ist die Kurve, die man nicht einsehen kann, weil dort dieses Fachwerkgebäude steht.

Schmidt-Lüders stellt seinen Wagen auf einem Feldweg ab, der von der Bundesstraße abzweigt, und geht zu Fuß am Rand der Straße auf die Kurve zu. Da! Spuren auf dem Hang: Gras ist abgeschabt, weiter unten sieht man die Stelle, wo das umgekippte Auto gelegen haben muss. Inzwischen wurde es abtransportiert, er findet auch keine Glasscherben, man hat offenbar gründlich aufgeräumt. Aber es ist unverkennbar – hier muss es gewesen sein.

Warum bin ich eigentlich hier?, denkt Schmidt-Lüders. Das ändert gar nichts an meiner Schuld. Ich hätte nicht herkommen sollen! Aber andrerseits – warum nicht? Um nicht mit all dem konfrontiert zu werden? Um meine Schuld zu verdrängen? Nein, ich muss mich ihr stellen!

Allmählich kommt seine Denkfähigkeit wieder und er beginnt die Dinge klarer zu sehen. Was heißt es, dass ich jetzt erkenne, dass ich am Tod dieses Mädchens schuldig bin? Erstens: Ich muss mit den Leuten sprechen. Zweitens: Ich muss zur Polizei gehen. Drittens habe ich ja auch vor Gott Schuld auf mich geladen. Oder vielleicht ist das nicht drittens, sondern erstens, dass ich damit zu ihm komme. Schmidt-Lüders sitzt auf dem Hang, vergräbt das Gesicht in den Händen und versucht zu beten. Hinter ihm rasen Autos vorbei; er beachtet sie nicht.

Was soll er beten? Um Vergebung bitten? Um Weisung bitten, wie es nun weitergehen soll? Ja, sicher, das und noch viel mehr. Er findet aber nicht die richtigen Worte. Es ist mehr ein wortloses Gebet, ein Versuch, vor Gott still zu werden. So wird er allmählich etwas ruhiger.

„Hallo! Ist was? Kann ich Ihnen helfen?"

Ein Traktor ist auf der Straße stehen geblieben. Der Bauer hat sich wohl gewundert, dass da ein Mann am Straßenrand sitzt, als träume er.

„Wie? Nein, danke! Es ist alles in Ordnung." Dabei ist gar nichts in Ordnung!

Der Bauer sieht sich ein wenig um. „Ach, das ist die Stelle, wo der schwere Unfall … Entschuldigung, ich wollte Sie nicht stören. Dachte nur …" Er legt den Gang ein und fährt weiter.

Er hält mich wohl für einen trauernden Angehörigen, denkt Schmidt-Lüders. Dabei bin ich der Verursacher! Und dazu auch noch der Pfarrer, der den trauernden Eltern Trost zusprechen soll. Das kann ich doch gar nicht! Ich kann doch nicht die Trauerfeier halten und versuchen, tröstende Worte zu sagen, wenn ich selbst am Tod des Kindes schuld bin!

Niemals! Abgesehen davon, dass ich es nicht kann, ist es auch den Eltern nicht zuzumuten. Aber noch schlimmer wäre es, wenn ich meine Rolle bei dieser tragischen Geschichte verschweigen und die Beerdigung halten würde, und die Verwandten würden hinterher erfahren, wer da gepredigt hat! Unmöglich!

Er nimmt sein Handy aus der Tasche, zögert einige Augenblicke und tippt dann eine Nummer.

„Zuber."

„Hallo Reiner, hier ist Markus."

„Grüß dich, Markus."

„Reiner, ich hab eine große Bitte. Es ist eine Zumutung, ich weiß. Aber du würdest mir sehr helfen …"

„Na, nun sag schon!"

„Ich hab in Münsterfeld die Vertretung für Otto übernommen, der im Urlaub ist. Ausgerechnet jetzt ist hier ein Unfall … also, ein Kind ist umgekommen, und am Donnerstag soll die Beerdigung sein."

„Ach, das sechsjährige Mädchen? Ich hab in der Zeitung davon gelesen."

„Ja. Aber ich kann das nicht machen. Ich hab … das werde ich dir später mal erklären, das kann man nicht so am Telefon …"

„Ich soll die Trauerfeier halten?"

„Ja. Ich wäre dir sehr dankbar."

„Du weißt, was du da von mir erwartest?"

„Das ist mir vollkommen klar."

„Na schön, ich mache es."

„Danke, Reiner! Herzlichen Dank! Ich war schon mal bei den Eltern. Ich gehe noch mal hin und erkläre ihnen, dass ein Kollege kommt. Ich kann dir die Telefonnummer sagen. Hast du was zum Schreiben?"

„Ja. Leg los!"

Schmidt-Lüders nennt die Nummer, bedankt sich noch einmal und verspricht eine Erklärung für später. Dann steht er auf und geht mit schweren Schritten zu seinem Auto. Es kommt ihm vor, als sei dies der schwerste Gang seines Lebens. Vielleicht ist er das auch. Langsam stößt er auf die Straße, als sie frei ist, und fährt den Weg zurück, den er gekommen ist – etwa halb so schnell wie seine übliche Fahrgeschwindigkeit.

Vor dem Trauerhaus stellt er seinen Wagen ab. Noch hat er keinen Mut, auszusteigen. Er weiß, es muss sein. Er muss diesen Menschen sagen, dass der Mann vor ihnen steht, der am Tod ihres Kindes schuld ist. Und die haben auch ein Recht, es nicht von der Polizei, sondern von ihm selbst zu erfahren. Das ist schwerer, als sich der Polizei zu stellen.

Die Angst schnürt ihm die Kehle zu. Nicht, dass er hauptsächlich Angst hätte vor eventuellen Wutausbrüchen der Leute oder vor ihrer Verachtung. Das wohl auch. Aber das Schrecklichste wird sein, es in Worte fassen zu müssen, die Tränen dieser Menschen zu sehen, und nichts Tröstendes sagen zu können, weil das aus dem Mund des Schuldigen wie Hohn klingen muss.

Ein Mann kommt auf einem Fahrrad an. Er steigt ab, sieht etwas erstaunt in den BMW, der da vor dem Haus steht, und lehnt dann sein Rad an die Wand.

Schmidt-Lüders steigt schnell aus. „Herr Kransky?"

Der Angesprochene dreht sich zu ihm um. „Hauen Sie ab! Es waren schon genug lästige Zeitungsfritzen da! Können Sie uns nicht in Ruhe lassen?"

„Ich bin nicht von der Presse. Mein Name ist Schmidt-Lüders, ich bin Pfarrer in Hellbrunn. Wegen der Trauerfeier bin ich hier."

„Ach so, kommen Sie rein!"

„Ich war schon mal da. Ich habe mit Ihrer Frau und Ihrem Schwiegervater gesprochen. Sie waren nicht da."

„Ich war an der Arbeit. Ist noch was unklar wegen der Beerdigung? Wollen Sie von mir noch was wissen?"

„Also ... nicht direkt zu der Beerdigung." Sie bleiben vor der Haustür stehen und Herr Kransky sieht seinen Besucher an und wartet auf eine weitere Erklärung. „Sie waren dabei, nicht wahr?"

„Sicher. Ich saß am Steuer. Da kam dieser Kerl, überholte uns und scherte viel zu früh nach rechts aus, weil einer entgegenkam. Mit seinem Heck war er noch auf der Höhe meines Motors. Ich musste schnell nach rechts rumreißen, es ging gar nicht anders. Und da ist es dann passiert. Nur weil dieser Verkehrsrowdy ... Hatte einen BMW. So wie Ihrer, nur dunkel."

Schmidt-Lüders starrt den anderen an und kriegt zunächst kein Wort heraus. Schließlich stottert er: „D... dunkel?"

„Ja, dunkelblau."

„Nicht silbergrau wie meiner?"

„Rede ich chinesisch? Ich sage doch: dunkelblau!"

Der Pfarrer holt tief Luft, als hätte er seit seinem ersten Besuch hier den Atem angehalten.

„Was ist?", fragt Herr Kransky. „Ist das so wichtig? Wollen Sie über die Farbe predigen?"

Dass der Vater des Kindes ziemlich schroff ist, stört den

Pfarrer nicht. Vielleicht hat ihn ja das Unglück in diese Stimmung gebracht. Man muss es ihm nachsehen.

„Nein, nein", sagt Schmidt-Lüders, „ich wollte nur …" Blitzschnell überlegt er – es soll dabei bleiben, dass er sich vertreten lässt. „Ich wollte nur sagen, dass ein anderer Pfarrer sich mit Ihnen in Verbindung setzen wird wegen der Beerdigung. Ich … es ist bei mir etwas dazwischengekommen."

Der Mann nickt nur, schließt sein Fahrrad ab und geht ins Haus.

Schmidt-Lüders steigt in sein Auto, fährt aber noch nicht los.

Also doch nicht!, denkt er. Keine Schuld am Tod eines Menschen, keine Schuld durch Leichtsinn! Kein Canossagang zu der Trauerfamilie, keine Gerichtsverhandlung wegen fahrlässiger Tötung, keine Krise für meinen Pfarrerberuf. Was für ein Glück!

Glück? Christen reden doch nicht von Glück, wenn sie von Unglück verschont bleiben! Ein Geschenk Gottes ist es.

Moment! Ich kann doch nicht sagen, es ist ein Geschenk Gottes, wenn ich etwas Schlimmes nicht getan habe, nur weil ich zunächst dachte, ich hätte es getan.

Oder ist es doch ein Geschenk? Denn – mal ehrlich – dass ich zunächst glaubte, es wäre meine Schuld, war ja gar nicht so abwegig. Es hätte meine Schuld sein können, weil ich auch oft gefährlich schnell gefahren bin. Sogar an dieser Stelle habe ich überholt. Also hätte es auch mich treffen können. Also bin auch ich schuldig. Also muss ich um Vergebung bitten. Eigentlich fast so, als wäre ich der Mann in dem dunkelblauen BMW gewesen.

Eigentlich bin ich immer schuldig. Eigentlich bin ich in jeder Hinsicht auf Gottes Vergebung angewiesen. Wie gut, dass er sie mir zusagt …

Hupen direkt neben ihm lässt ihn erschreckt den Kopf heben.

Ein VW steht neben ihm. Reiner, sein Pfarrkollege, sitzt darin und lässt die Scheibe an der rechten Seite herunter. Schmidt-Lüders öffnet seine Scheibe an der Fahrerseite.

„Du bist ja doch da!"

„Ja. Also – nur um zu sagen, dass ein Kollege kommt. Ich dachte nicht, dass du so schnell kommst."

„Morgen kann ich nicht. Darum habe ich gleich angerufen. Und? Willst du mir jetzt sagen, warum du nicht kannst?"

„Später, Reiner. Ich bin dir so dankbar, dass du einspringst. Wirklich, danke!"

„Na, nun lass es mal gut sein! Du tust mir ja auch manchmal einen Gefallen. Und – ist es nicht unsere Aufgabe, anderen in Not zu helfen? Ich will ja nicht behaupten, dass es mir immer gelingt, als Beauftragter des barmherzigen Gottes zu handeln, aber gelegentlich …"

„Ich bin so erleichtert, Reiner."

Der andere hebt grüßend die Hand, lässt die Scheibe hoch und fährt ein Stück vor, um sein Auto an der Bordsteinkante abzustellen. Schmidt-Lüders lässt den Motor an und fährt los. Fast ist er fröhlich dabei.

Aber schon kurz darauf, noch ehe er aus dem Dorf heraus ist, verlässt ihn seine Erleichterung wieder. Plötzlich überfällt ihn – eigentlich zum ersten Mal, weil er bisher nur an sein eigenes Elend dachte – tiefe Trauer über den Tod der kleinen Anna.

ALTE GESCHICHTEN

„Komm, lass dich mal in den Arm nehmen!", sagt Herr Weber zu seinem Enkel. Als das geschehen ist, ergänzt er: „Gute Reise! Und vielen Dank, dass du extra vorbeigekommen bist, um uns deine Freundin vorzustellen. Darf ich die auch mal umarmen?"

Karin Hennemann, die Freundin, gibt schnell selbst die Antwort: „Aber natürlich, Herr Weber! Ganz egal, was Ingo sagt! Das entscheide ich selbst!"

Während Herr Weber das Mädchen umarmt, sagt er: „Wer weiß, ob ich dazu noch mal Gelegenheit haben werde. Ob ich noch am Leben bin, wenn ihr heiratet. Gibt es denn dafür schon konkrete Pläne?"

„Ach, Opa! Da ist noch nichts festgelegt."

Frau Weber fährt mit ihrem Rollstuhl heran. „So, jetzt bin ich aber dran!" Sie kann nicht aufstehen, aber die beiden jungen Leute beugen sich zu ihr hinunter. Dann steigen sie in Ingos VW.

„Und wo gehts jetzt hin?", fragt Herr Weber.

Karin schnallt sich schon an. Ingo steht noch und antwortet über das Autodach hinweg: „Jetzt besuchen wir noch Karins Großeltern in Aurich. Da können wir übernachten und morgen gehts zurück."

Frau Weber sagt: „Da habt ihr aber noch ein ziemliches Stück vor euch. Fahr nicht so schnell, Ingo!"

„Keine Sorge, Oma!"

Ihr Enkel steigt ein, schnallt sich auch an und startet. Als der Wagen hinter dem Nachbarhaus verschwunden ist, stehen die beiden Alten noch eine Weile da, als könnten sie ihn noch sehen.

„Ein nettes Mädchen, diese Karin", meint Frau Weber. Als ihr Mann nicht gleich antwortet, fragt sie nach einigen Augenblicken: „Findest du nicht, Hans-Peter?"

„Wie? Äh, doch, doch! Natürlich, ein sehr nettes Mädchen!"

„Wir können uns freuen für Ingo."

„Ja. Sicher, das können wir."

Die Antworten von Hans-Peter Weber kommen fast automatisch. Er ist nicht mit den Gedanken dabei, die sind woanders. Schon die ganze Zeit hat er darüber gegrübelt, warum ihm der Name Hennemann bekannt vorkommt. Als aber eben von Aurich die Rede war, Aurich in Ostfriesland, da ist ihm eine Erinnerung in den Sinn gekommen. Das muss er überprüfen!

Er schiebt den Rollstuhl mit seiner Frau ins Haus zurück. Während sie sich in der Küche zu schaffen macht, die so eingerichtet ist, dass sie ihre Hausarbeiten im Rollstuhl verrichten kann, steigt er auf den Dachboden hinauf.

Staubig und finster ist es hier oben. Herr Weber findet es anstrengend, sich unter der Dachschräge gebückt zu bewegen, weil sein Rücken wehtut. Als er die alte Kiste entdeckt, setzt er sich trotz des Drecks einfach auf den Boden. Er öffnet den staubigen Deckel. Da er ihn unter den Dachsparren nicht ganz aufklappen und die schwere Kiste auch nicht weiter nach vorn ziehen kann, stützt er den Deckel mit einem alten Wanderstock, der danebenliegt. Er kann sich zwar nicht mehr erinnern, aber wahrscheinlich hat er ihn früher schon einmal zu diesem Zweck dort hingelegt.

Vorsichtig nimmt er einige Pappkartons aus der Holzkiste

und stellt sie beiseite. Puzzles und andere Spiele sind das. Dann zieht er einen Ballen Stoff heraus ... und mit ihm Erinnerungen. Das waren die ersten Gardinen in ihrem damals neuen Haus. Und was ist das? Ach, das Puppentheater, mit dem sein Sohn gespielt hat, und die Handpuppen, fünf Stück, in alten Stoff eingewickelt. Und hier das Modellschiff, das sein Sohn damals als Zwölf- oder Dreizehnjähriger gebastelt hat.

Jetzt hat er den Karton, den er sucht. Ach nein, das ist er auch nicht! Linoleumstücke sind darin, Werkzeug und fertige Kunstwerke aus der Phase seines Sohnes, als der Linolschnitte gemacht und damit gedruckt hat. Hans-Peter erinnert sich noch an den Ärger über die schwarze Farbe an seinen Hemden.

Da, endlich! Das muss der richtige Karton sein! Er liegt ganz unten drin. Verständlich eigentlich, nicht nur weil dies der älteste Gegenstand ist, sondern wohl auch, weil Hans-Peter Weber immer gewollt hat, dass diese Sachen ganz tief unten liegen. Fast unerreichbar.

Er hebt den Pappdeckel ab, der sich dabei fast auflöst, und nimmt die Papiere heraus. Alte, vergilbte Fotos sind da, aber nur mit Landschaften. Die alten Bilder mit Personen sind in der Wohnung in Alben aufgehoben. Eine Mappe mit Schulzeugnissen seines Vaters, uralten Verträgen, Versicherungsunterlagen, die längst nicht mehr gelten. Dann eine ähnliche Mappe mit Papieren seiner Mutter, vieles mit der Hand geschrieben, nur einiges mit einer Schreibmaschine, deren „e" nicht mehr zu lesen und darum aus dem Zusammenhang zu erraten ist.

Da ist es, was er sucht!

Seine Mutter hat es damals in Sütterlin geschrieben. Die Enkel könnten es wahrscheinlich gar nicht lesen. Er, Hans-Peter Weber, beherrscht die Schrift aber noch einigermaßen.

Er dreht sich etwas, damit er den Rücken gegen die Kiste lehnen kann, und beginnt zu lesen.

Erzählt hat seine Mutter nicht viel von den Ereignissen damals. Das war auch gar nicht möglich, weil sie jung gestorben ist. Hans-Peter war damals erst neun Jahre alt. Aber sie hat es aufgeschrieben. Wie ihr Mann damals verhaftet wurde. Ja, er hatte Kontakt zu einer Widerstandsgruppe gehabt.

Der Staatsanwalt, der das alles mithilfe der Gestapo für den Volksgerichtshof recherchierte, hatte geschickt gearbeitet. So viel Material hatte er zusammengetragen, dass Roland Freisler keine Mühe hatte, den „Aufrührer" und „Volksverräter" Weber zum Tode zu verurteilen. Nicht, dass Freisler auf so präzise Beweise angewiesen gewesen wäre – er hätte den Mann auch so verurteilt. Aber die Beweise von Webers Gegnerschaft lagen alle auf dem Tisch. Dank der peniblen Arbeit des Staatsanwalts. Und hier steht auch dessen Name: Armin Hennemann. Aus Aurich in Ostfriesland.

Es stimmt also, denkt Hans-Peter. Meine Erinnerung hat mich nicht getrogen. Und was bedeutet das?

Zweifellos ist Karin Hennemann die Urenkelin dieses Staatsanwaltes, der für den Tod von Ingos Urgroßvater verantwortlich ist. Hennemann aus Aurich – davon wird es sicher keine zwei Personen geben. Der Opa, den unser Enkel heute noch besuchen will, ist der Sohn dieses Mannes vom Volksgerichtshof. Und die Frau, die er heiraten will …

Nein!, denkt Hans-Peter. Nein, Karin kann nichts dafür! Diese nette junge Frau hat nichts damit zu tun. Eigentlich ist das ja ganz klar. Logisch! Aber was so in unsrer Seele vorgeht, richtet sich nicht immer nach der Logik. Gefühle gehorchen anderen Gesetzen.

Das muss ich mir klarmachen!, denkt Hans-Peter. Und ich muss mir bewusst machen, dass wir ja alle von Gottes Vergebung leben. Wenn die nüchternen Überlegungen nicht stark genug sind, unsere Gefühle zu bändigen, Hass und Rachegedanken zu überwinden, dann muss das Gott selber tun. Sein Wort, sein Geist. An seiner Vergebung, an seiner Liebe will ich mich orientieren. Hat Jesus nicht gesagt, dass wir wie der Vater im Himmel sein sollen, der die Sonne scheinen lässt über Böse und Gute und regnen lässt auf Gerechte und Ungerechte? Wäre es nicht schlimm, wenn diese junge Frau, die uns wie ein Sonnenschein vorkommt, plötzlich im Schatten ihres Urgroßvaters stände?

So sehe ich das! So verstehe ich die Heilige Schrift. Aber ob andere es auch so sehen können? Ob sie nicht doch von Hassgefühlen geleitet werden könnten, wenn sie alles wüssten, was ich weiß? Das muss verhindert werden!

Hans-Peter Weber legt die Notizen seiner Mutter beiseite und fängt an, all die anderen Sachen wieder in die Kiste zu packen. Ob je wieder irgendjemand Interesse daran hat? Oder ob ich hier nur Arbeit hinterlasse für den, der nach unserem Tod den Haushalt auflöst? Egal – jetzt will ich nicht sortieren. Ich habe Wichtigeres zu tun!

Nachdem alles verstaut ist, klappt er den Deckel zu, legt den Stock daneben, nimmt den Papierstapel seiner Mutter und arbeitet sich ächzend zur Treppe vor. Er steigt hinunter und geht in die Küche, um Streichhölzer zu holen.

„Wie siehst du denn aus?", fragt seine Frau. „Ach, Hans-Peter! Hast du dich irgendwo in den Dreck gesetzt?"

„Ja, auf dem Dachboden. Tut mir leid, es ging nicht anders."

„Auf dem Dachboden? Was hast du denn da gemacht?"

Aber sie erhält keine Antwort, weil Hans-Peter schon draußen ist. Er geht zur Toilette, zündet die Blätter einzeln an und lässt sie, wenn sie fast verbrannt sind, ins Toilettenbecken fallen. Dann spült er, bis alle Reste verschwunden sind. Dabei kommt ihm in den Sinn: Heißt es nicht irgendwo im Alten Testament, dass unsre Sünden ins Meer geworfen werden sollen, wo es am tiefsten ist? Ganz so tief hinunter geht es hier wohl nicht ...

Seine Frau kommt mit dem Rollstuhl angefahren. „Wie riecht es denn hier? Hast du etwas verbrannt?"

„Ja", sagt Hans-Peter und findet jetzt erst Zeit, den Dreck von seiner Hose abzuklopfen.

„Was denn? Warum verbrennst du etwas ...?"

„Alte Papiere, die ich auf dem Dachboden gefunden habe."

„Aber wie kommst du ausgerechnet jetzt dazu, auf dem Dachboden nach Papieren zu suchen? Was ist los, Hans-Peter? Was geht hier vor?"

Weber schiebt seine Frau in die Küche zurück. „Verzeih mir, meine Liebe, dass ich dir nichts davon erzählen will. Alte Geschichten, die ich gern der Vergessenheit anheimgeben will, weil es nicht gut ist, sich daran zu erinnern. Reicht dir das als Erklärung?"

„Aber was kann es denn schaden, wenn man Dinge von früher ... Schon gut, Hans-Peter", unterbricht sie sich selbst, „du wirst es sicher richtig machen."

„Danke", nickt er nur. „Trinken wir unseren Kaffee am Küchentisch? Oder soll ich draußen auf der Terrasse decken?"

„Draußen. Ich denke, es ist warm genug."

Hans-Peter stellt Geschirr aufs Tablett.

„Es wird sicher dunkel, bis sie da oben in Ostfriesland ankommen", meint Frau Weber, während sie Wasser in die Kaffeemaschine füllt. „Hoffentlich haben sie eine gute Fahrt."

Hans-Peter nickt. „Eine gute Fahrt in eine gemeinsame, unbeschwerte Zukunft."

Seine Frau wundert sich über die Bemerkung und schaut ihren Mann an, aber sie fragt nicht weiter.

Das Duett

Es klingelte und Mirjam Scholz öffnete. Draußen stand Simon, ihr Neffe, zwölf Jahre alt, fast dreizehn. Sein Gesicht war tränenüberströmt und er blickte seine Tante wortlos an.

„Simon! Was ist denn? Hast du dir wehgetan? Ist zu Hause etwas passiert?"

Auch jetzt sagte der Junge nichts, deutete noch nicht einmal durch Nicken oder Kopfschütteln ein Ja oder ein Nein an.

„Komm erst mal rein!"

Sie öffnete die Tür weit und Simon trottete an ihr vorbei ins Haus. In der Küche ließ er sich auf einen Stuhl fallen. Mirjam nahm ihm gegenüber Platz. Nach einigen Augenblicken fragte sie noch einmal: „Was ist los, Simon? Wenn ich dir helfen soll, musst du es mir sagen!"

Aber der Junge brachte nur ein „Ich ... Papa ..." hervor und schwieg dann. Wenigstens brach er nicht wieder in Tränen aus.

Da kam Mirjam Scholz eine Idee. „Ist es, weil Papa wieder heiraten will?"

Simon nickte. „Du weißt es schon?"

„Ja, vor zwei Tagen hat dein Papa es mir gesagt."

„Mir hat er es vorhin gesagt."

„Und das macht dich traurig?"

Simon, der den Kopf gesenkt hatte, blickte auf. „Traurig nicht. Wütend!"

Seine Tante reichte über den Tisch hinüber und legt die Hand auf Simons Arm. „Ich verstehe, dass du das nicht so leicht akzeptieren kannst, Simon. Eine Mutter ist nicht zu ersetzen. Und deine Mama, meine Schwester, schon gar nicht. Aber sieh mal, sie ist nun schon fast zwei Jahre tot. Da kann man doch auch verstehen, dass dein Papa nicht länger allein bleiben will ...“

„Er ist doch nicht allein! Ich bin doch da!“

„Sicher, aber ...“

„Und Frau Moser kocht und macht sauber und so!“

„Frau Moser besorgt den Haushalt, ja. Aber eine Ehefrau ist ja noch etwas anderes als eine Haushälterin.“

Jetzt schwiegen sie wieder beide. Endlich fragte Mirjam: „Weiß Papa, dass du hier bist?“

Ein Achselzucken war die Antwort.

„Dann solltest du jetzt wieder zurückgehen. Ich kann dich auch gerne mit dem Auto bringen, wenn du möchtest.“

„Kann ich nicht bei dir bleiben?“

„Hm. Nun ja, du könntest in Sabines Zimmer schlafen. Das steht ja leer, seit sie zum Studium ausgezogen ist. Aber morgen musst du ja wieder in die Schule.“

„Wir haben doch Ferien.“

„Ach so. Hm. Onkel Bodo ist auf einer Geschäftsreise in Frankreich. Gut, wenn du da bist, habe ich wenigstens einen Mann im Haus.“ Sie lächelte, aber das spiegelte sich nicht in Simons Gesicht. „Ich ruf deinen Papa an, damit er sich keine Sorgen macht.“

Sie ging hinaus und kam erst nach zwanzig Minuten wieder.

„Dein Papa sagt, es tut ihm so leid, dass dich das alles so traurig macht. Oder wütend. Du sollst doch wieder zurückkommen und dann würdet ihr in Ruhe über alles reden.“

„Wozu denn noch reden? Er lässt sich ja doch nicht davon abbringen, diese fremde Frau zu heiraten!"

„Na schön, du kannst erst mal hierbleiben. Morgen sehen wir dann weiter. Okay?"

Simon nickte.

„Und morgen können wir gemeinsam etwas unternehmen, damit du auf andere Gedanken kommst. Wo Onkel Bodo nicht da ist, kann ich mir Zeit dafür nehmen. Einverstanden?"

„Morgen muss ich aber zum Geigenunterricht."

„Ach so, den liebst du ja und lässt ihn nie ausfallen."

„Und am Abend ist ein Konzert. Frau Zink hat gesagt …"

„Ist das deine Geigenlehrerin?"

„Ja, die hat gesagt, das würde schön und ich sollte Papa fragen, ob er mit mir hingeht. Gehst du mit mir hin? Violine und Klavier, im Saal der Musikschule."

„Hm. Mal sehen. Jetzt machen wir uns erst mal was zum Abendessen. Hilfst du mir? Geschirr ist da im Schrank."

Onkel Bodo war wieder zurückgekommen. Jetzt saßen sie beim Frühstückstisch.

„Kannst du nicht Papa sagen, dass er die Frau nicht heiraten soll, Onkel Bodo?"

Der schüttelte den Kopf. „Nein, Simon, das kann ich nicht. Das muss er selbst entscheiden."

„Aber … aber es ist nicht Mama."

„Natürlich nicht. Aber wie ich deinen Papa kenne, bringt er bestimmt keine Frau ins Haus, die nicht zu euch passt."

Simon antwortete nicht. Der Onkel versuchte, ein anderes Thema anzuschneiden. „So, du warst gestern mit deiner Tante in einem Konzert?"

„Ja." Simon schaute auf. „Der Mann hat auf Papas Geige gespielt."

„Wirklich?" Bodo Scholz lächelte. „Woher weißt du das?"

„Ich habs gehört."

Sein Onkel lächelte noch mehr. „Nun ja, ich glaube, Geigen klingen alle ähnlich. Aber es kann natürlich sein, dass das eine war, die aus Papas Geigenbauerwerkstatt kam."

„Geigen klingen überhaupt nicht alle gleich. Ich kann genau hören, welche Geigen Papa gemacht hat."

„Dein Papa ist nicht der einzige gute Geigenbauer. Es gibt auch noch andere, die gute Instrumente machen."

„Onkel Bodo, du verstehst mich nicht. Ich sag ja nicht, dass andere schlecht sind. Aber sie sind anders. Und die Geige gestern, die hab ich genau wiedererkannt. Ich war nämlich der Erste, der darauf gespielt hat, als sie fertig war. Ich durfte sogar die Saiten aufziehen. Und auch sonst habe ich Papa geholfen. Zum Beispiel als er den Lack gekocht hat. Früher hat er seine Geigen immer selbst eingespielt. Aber seit ich spielen kann, lässt er mich das oft machen. Er setzt sich in eine Ecke und hört mir zu."

„So, so", murmelte Onkel Bodo, weil er dem Neffen nicht widersprechen wollte. Aber es war ihm klar, dass der Junge sich das nur einbildete. „Du spielst für dein Alter schon sehr gut Geige, habe ich gehört."

„Ja, ich war gestern mit Sabines Geige im Unterricht. Die hat nicht so einen schönen Klang."

„Nicht? War aber nicht billig!"

„Zum Üben gehts aber."

Tante Mirjam sagte: „Simon hat schon gestern nach dem Konzert behauptet, er kennt die Geige am Klang." Sie zog dabei die Augenbrauen hoch, um anzudeuten, dass sie das auch nicht glaubte.

Plötzlich stand Simon auf, öffnete das Fenster und lauschte hinaus.

„Was ist?", fragte sein Onkel.

„Psst! Sei mal still!"

Nach einigen Augenblicken schloss er das Fenster wieder, setzte sich auf seinen Stuhl und sagte: „As, Ges und Es."

„Hä?"

Simon biss in sein Brot. „Die Glocken. Bei uns kann man sie nicht hören. Aber hier hört man sie gut. Sie klingen in As, Ges und Es."

„Woher weißt du das? Steht das irgendwo?"

„Ich habs gehört."

Die beiden Erwachsenen sahen sich verblüfft an. Dann stand Mirjam auf, ging zum Klavier und schlug die drei Töne an, die Simon genannt hatte. Bodo öffnete das Fenster wieder, damit die Glocken zu hören waren. Die Töne stimmten mit denen vom Klavier überein.

Wieder sahen sich Bodo und Mirjam an, lächelten und setzten sich wieder. Tante Mirjam strich Simon über den Kopf und murmelte: „Vielleicht hast du doch recht und es war wirklich eine Geige von deinem Papa."

„Nicht irgendeine, sondern eine ganz bestimmte! Die, auf der ich gespielt habe. Sie war besonders gut. Papa konnte sie für viel Geld verkaufen. Ich wusste nur nicht, an wen, aber jetzt weiß ichs."

Bodo war noch skeptisch. „Nun, da kann man nie sicher sein. Es gibt ja viele zigtausend Geigen. Vielleicht ist da eine dabei, die genau so klingt."

Simon blinzelte. „Na ja, vielleicht, keine Ahnung. Ich kenne ja nicht alle Geigen auf der Welt. Aber ich glaube, die gestern, das war die von Papa."

„Setz dich doch!", sagte Hendrik Freiberger und wischte einige Hobelspäne von einem alten Stuhl, der seinem Aussehen nach schon viele Jahre hier in der Werkstatt stehen musste.

„Wenn es dir recht ist, dass Simon einige Tage bei mir bleibt, dann muss ich ein paar von seinen Sachen holen."

„Das ist mir sehr recht. Ich glaube, es tut ihm gut. Vielen Dank, dass du ihn unter deine Fittiche nimmst! Ich denke, er hat Vertrauen zu dir, auch weil du deiner Schwester so ähnlich bist."

„Natürlich will ich nicht Simons Wunsch erfüllen", beteuerte Mirjam. „Er will, dass ich dich überrede, die ‚fremde Frau', wie er sich ausdrückt, nicht zu heiraten. Im Gegenteil, ich freue mich für dich, dass du jemanden gefunden hast. Du bist noch zu jung, um allein zu bleiben. Aber ein Kind versteht das schwer."

„Simon ist sehr sensibel. Ich weiß, dass ihn der Verlust seiner Mutter immer noch sehr schmerzt. Aber kann ich deshalb …" Hendrik machte eine Bewegung mit der Hand, statt den Satz zu Ende zu sprechen.

„Wie hast du sie kennengelernt?"

„Eine Kundin. Vor einem guten Jahr hat sie eine Geige gekauft. Ein sehr wertvolles Stück. Vor ein paar Wochen war sie wieder da, tief traurig, weil ihr die Geige gestohlen worden war. Sie war natürlich versichert, aber der Fall ist noch nicht klar. Das Instrument lag in ihrem Auto und das Auto ist samt Inhalt gestohlen worden. Wobei die Geige doppelt so viel wert ist wie das Auto. Der materielle Verlust ist auch nicht das Schlimmste. Selbst wenn sie alles ersetzt bekommt – es ist ihr trotzdem schmerzlich, weil sie inzwischen schon so mit ihrem Instrument eins geworden war."

„Wollte sie bei dir ein neues kaufen?"

„Zunächst einmal wollte sie fragen, ob ich ihr ein ähnliches leihen kann, weil einige Auftritte bevorstanden. Wir haben dann viel geredet, erst gefachsimpelt, dann Persönliches, und dann … Na ja, es hat gefunkt."

„Ich gratuliere dir und freue mich mit! Übrigens – die wertvolle Geige – war das die, bei der Simon die Saiten aufgezogen hat, und die er als Erster spielen durfte?"

„Ja. Woher weißt du das?"

„Er hat es erzählt. Und er behauptet, sie gehört zu haben. Bei einem Konzert, vorgestern Abend. Er habe genau diese Geige am Klang erkannt, sagt er."

„Wirklich?" Hendrik legte das Werkzeug weg, das er spielerisch in der Hand gedreht hatte. „Das hat er behauptet?"

„Ja. Wir wollten es nicht glauben, Bodo und ich. Aber dann sind wir doch überrascht gewesen, als er die Töne der Domglocken genau nennen konnte."

„Er hat das absolute Gehör."

„Verblüffend!"

„Das Konzert war im Saal der Musikschule, nicht wahr? Ich werde der Sache nachgehen. Vielleicht hat der Künstler wirklich meiner Freundin die Geige gestohlen, oder er hat sie von jemandem bekommen, der sie gestohlen hat."

„Du nimmst die Sache ernst?"

„Aber sicher! Ich kenne doch meinen Sohn!"

Als Mirjam Scholz an der Tür von Sabines Zimmer vorbeikam, in dem jetzt Simon wohnte, hörte sie ein Schluchzen. Sie klopfte leise, das Schluchzen hörte auf. Nachdem sie noch einmal geklopft und einige Augenblicke gewartet hatte, öffnete sie und ging hinein. Simon lag im Bett, hatte sich schnell die Tränen abgewischt und sah ihr entgegen.

„Hast du noch einen Wunsch, Simon? Vielleicht noch eine Tasse heißen Kakao?"

„Nein, danke."

„Möchtest du, dass ich mit dir bete? Als Sabine noch jünger war, so wie du jetzt, wollte sie das manchmal, wenn sie irgendwelchen Kummer hatte."

Simon schüttelte der Kopf. „Wenn ich beten will, bete ich allein."

„Gut." Sie setzte sich auf den Rand des Bettes. „Weißt du, was mir heute durch den Kopf gegangen ist, heute Mittag beim Kochen? Ich dachte daran, dass du die Geige wiedererkannt hast, nur am Klang. Dein Papa, der sie gemacht hat, hätte sie sicher auch erkannt. Aber du hast sie ja auch ein bisschen mit gemacht."

„Ja."

„Wer etwas gemacht hat, kennt es auch genau. Gott hat uns gemacht. Darum kennt er uns auch. Unter vielen Tausenden Menschen kann er heraushören, wenn wir mit ihm reden. Er kennt uns persönlich. Dich auch. Und er gibt auf dich acht."

Simon sah sie mit großen Augen an.

„Das wollte ich dir nur sagen, ehe du mit ihm sprichst. So, und nun gute Nacht!"

Tante Mirjam klopfte ihm freundschaftlich auf den Arm, stand auf und verließ das Zimmer.

Als sie hinunter ins Wohnzimmer kam, legte ihr Mann grade den Telefonhörer auf. „Interessante Neuigkeiten, Mirjam! Hendrik hat gerade angerufen. Simon hatte tatsächlich recht."

„Womit?"

„Die Geige. Hendrik hat sich in der Musikschule erkundigt, wer neulich abends gespielt hat. Er weiß inzwischen, dass der Geiger wirklich das Instrument besitzt, das seiner Freundin gestohlen wurde. Der hat es für einen günstigen Preis gekauft, weil er merkte, dass es viel mehr wert war, als der Mann dafür haben wollte. Hendrik hat die Sache der Polizei übergeben, die hat den Dieb bereits ausfindig gemacht, und nun sieht es so aus, als würde er beziehungsweise seine Freundin die Geige zurückbekommen."

„Kaum zu glauben!"

„Aber wahr! Und das alles, weil der Junge so gute Ohren hat. Sollen wir es ihm gleich erzählen?"

„Vielleicht morgen. Lass ihn jetzt schlafen!"

„Simon", sagte Tante Mirjam beim Frühstück, „heute ist es genau zwei Jahre her, dass deine Mama gestorben ist."

Simon nickte.

„Möchtest du, dass wir heute Nachmittag zusammen zu ihrem Grab gehen?"

„Ja!", antwortete Simon und schaute etwas unsicher, aber mit einem leichten Ausdruck der Freude auf dem Gesicht.

„Schön, dann machen wir das. Wir fahren in der Gärtnerei vorbei und holen uns ein paar Blumen, die du aufs Grab legen kannst, wenn du möchtest."

„Blumen?"

„Ja. Möchtest du nicht?"

Simon leckte sich Marmelade vom Finger. „Ich weiß nicht ... Blumen kann sie ja nicht sehen. Soll ich ihr nicht besser was auf der Geige spielen?"

Mirjam Scholz holte schon Luft, um zu sagen, wenn seine verstorbene Mutter die Blumen nicht sehe, könne sie auch die Musik nicht hören. Aber sie sagte es nicht. In der Vorstellung ihres Neffen hatte Musik wohl eine ganz andere Macht, im Himmel wahrgenommen zu werden, als ein Blumenstrauß.

„Eine gute Idee!", sagte sie darum. „Nimm Sabines Geige mit und dann spielst du am Grab ein Stück, das du auswendig kannst."

„Vielleicht das Duett, das ich im Geigenunterricht geübt habe. Frau Zink hat die zweite Violinstimme gespielt. Das geht ja jetzt nicht. Aber es klingt auch gut, wenn ich nur die eine Stimme spiele."

Als sie später im Auto saßen, um zum Friedhof zu fahren, meinte Mirjam: „Ich habe deinem Papa erzählt, dass du die Geige an ihrem Klang erkannt hast. Er war gar nicht erstaunt. Jedenfalls nicht so wie ich."

„Papa weiß viel darüber. Er hat mir auch einiges erklärt, mit Obertönen und so, aber ich habs vergessen. Jedenfalls können die Menschen ja auch die Stimmen anderer Menschen unterscheiden. Auch nur am Klang."

„Nicht nur die Menschen. Auch die Tiere. Die Hunde zum Beispiel hören genau, ob ihr Herrchen sie ruft oder ein Fremder. Oder die Schafe – da fällt mir ein, was Jesus gesagt hat: So wie die Schafe die Stimme ihres Hirten erkennen und ihr folgen, so merken die Christen, wenn Jesus ihnen etwas sagen will, und sie achten darauf."

Simon nickte.

Sie parkten beim Friedhof. Simon nahm die Geige und sie gingen den Weg entlang, an dessen Ende das Grab lag. Plötzlich blieb Simon stehen.

„Hörst du das?"

Seine Tante blieb auch stehen, schon einen Schritt weiter. „Was?"

„Da spielt schon jemand. Geige."

Sie lauschte. „Tatsächlich!"

Beide gingen mit schnellen Schritten weiter. Als sie das Grab sehen konnten, hörte das Spiel auf. Simons Papa stand da und eine fremde Frau, die eine Geige in der Hand hielt.

Hendrik Freiberger bemerkte sie und kam ihnen entgegen. „Hallo, Simon! Ich freue mich, dass du mit Tante Mirjam heute herkommst."

„Tag, Papa."

Sein Vater zeigte auf Sabines Geige in Simons Hand. „Möchtest du etwas am Grab spielen? Ich glaube, Mama würde sich im Himmel darüber freuen."

„Ich wusste ja nicht, dass du schon jemand gesucht hast, der spielt."

„Nein, Simon, Julia hat von sich aus den Vorschlag gemacht, dass sie am Grab einen Satz der Violinsonate von Bach spielen könnte."

„Ach so." Ein Schatten fiel auf Simons Gesicht.

Die Frau kam heran und sagte: „Hallo Simon! Und Sie sind Frau Scholz?" Sie reichte beiden die Hand. Simon nahm sie zwar, blickte aber dabei unter sich.

„Ich habe dir viel zu verdanken, Simon! Ich habe meine wertvolle und geliebte Geige zurück, weil du sie am Klang erkannt hast. Das war toll von dir! Herzlichen Dank!"

„Bitte", murmelte Simon.

„Willst du auch am Grab ein Stück spielen?"

Er nickte. Einige Augenblicke sagte niemand etwas. Dann wandte Simon sich an seinen Vater. „Warum spielt sie hier? Sie hat Mama doch gar nicht gekannt."

Julia antwortete selbst: „Das ist richtig, ich kannte deine Mama nicht. Aber weil ich deinen Papa sehr lieb habe, glaube ich ihm jedes Wort, das er sagt. Und weil er mit großer Liebe von deiner Mama gesprochen hat, ist bei mir auch eine große Hochachtung ihr gegenüber entstanden. Darum habe ich für sie gespielt. Und ein bisschen auch stellvertretend für deinen Papa, der zwar wunderbare Geigen bauen, aber nicht so gut darauf spielen kann."

Sie hatten sich während dieses Gesprächs zum Grab hin bewegt und standen nun davor. In einiger Entfernung hielten sich drei Friedhofsbesucher auf, die von der Musik angelockt worden waren.

„Was möchtest du denn spielen, Simon?", fragte sein Papa.

„Ich kann am besten das Duett von Karl Stamitz, das ich mit Frau Zink geübt habe. Ich habe die erste Geige gespielt

und sie hat mich begleitet. Jetzt muss ich halt allein spielen."

Julia fragte: „Dieses?" und spielte ein paar Töne. Simon
nickte. „Das kenne ich auch. Hättest du etwas dagegen,
wenn ich die zweite Violine dazu spiele?"

Simon sah sie erst verwundert, dann etwas verlegen an
und schüttelte den Kopf. „Nein, du kannst ruhig ... es
klingt dann sicher besser."

Sie stimmten ihre Instrumente. „Das ist die Geige von
meiner Cousine Sabine", erklärte Simon. „Weil meine
noch zu Hause ist. Die hier ist nicht so toll, aber auch nicht
schlecht."

„Weißt du was?", sagte Julia. „Die erste Stimme sollte
am besten besetzt sein. Nimm du diese Geige, die dein Papa
gemacht hat, und ich spiele die zweite Stimme auf Sabines
Geige."

Simon blickte freudig überrascht, dann tauschten sie die
Instrumente. Simon nickte mit dem Kopf und sie spielten.
Die Musik klang hier im Freien nicht so schön wie in einem
Raum, aber schön war es trotzdem.

Hendrik empfand eine merkwürdige Mischung aus Trauer und Freude. Tränen stiegen ihm in die Augen. Seine
Schwägerin Mirjam reichte ihm ein Taschentuch.

Raupe und Schmetterling

Ist das nicht Jennifer?, denkt Barbara, als sie die junge Frau am Waldrand sitzen sieht, die Bäume im Rücken und vor sich die ins Tal abfallende Wiese. Das muss Jennifer sein! Sie hat sie viele Jahre nicht gesehen, seit ihrem gemeinsamen Besuch im christlichen Jugendkreis. Aber die rötlich schimmernden Haare und die schlanke Gestalt in aufrechter Haltung sind unverkennbar.

Barbara entschließt sich, die alte Freundin nicht einfach anzusprechen. Sie schleicht sich näher heran, von einzelnen Büschen gedeckt, und hält die Kamera bereit. Als sie nur noch etwa fünfzehn Meter entfernt ist, erhebt sie sich und drückt in dem Moment auf den Auslöser, als Jennifer sie entdeckt.

„Ein großartiges Bild!", ruft Barbara ihr zu. „Titel: Mädchen im Grünen. Oder auch: Grübelnde Schöne."

„Hallo Barbara! Bist du es wirklich?"

„Es fehlt nur der Grashalm im Mund." Barbara betrachtet das digitale Bild auf der Rückseite ihrer Kamera.

„Ich mag keine Grashalme im Mund."

Jennifer steht nicht auf, sondern wartet, bis Barbara herangekommen ist und sich neben sie setzt.

„Wie lange ist das her, dass wir uns das letzte Mal gesehen haben?"

Jennifer hat keine Lust nachzurechnen und schätzt nur: „Fünfzehn Jahre vielleicht. Oder siebzehn."

„Wer hätte gedacht, dass wir uns nach so langer Zeit ausgerechnet auf einer sonnenbeschienenen Wiese wiedertreffen, fernab von jeglicher Zivilisation! Lässt du die Seele baumeln?"

Jennifer antwortet erst nach einer Weile. „Ich habe diesen Ausdruck nie gemocht. Die Seele baumeln lassen – als wenn sie am Galgen hinge!"

„Oder bestaunst du die Wunder der Schöpfung?"

„Du kennst ja von damals meine skeptische Einstellung. Wenn ich staune, dann nicht über die Schöpfung, sondern über die Natur."

„Ach ja, ich erinnere mich. Du warst zwar oft dabei, aber innerlich distanziert, wenn es in unseren Gesprächen um den Glauben ging."

Jennifer nickt leicht und reißt einen Grashalm ab, steckt ihn aber nicht in den Mund, sondern wickelt ihn um den Zeigefinger. Eine Geste der Verlegenheit? „Du hast schon damals oft mit mir diskutiert, um mich vom Christentum zu überzeugen. Falls du es wieder vorhaben solltest – die Erfolgsaussichten sind nach wie vor gering."

Barbara stößt einen kurzen Lacher aus. „Na gut, dann fange ich erst gar nicht an, dich überreden zu wollen. Freu du dich an der Natur, ich freu mich an der Schöpfung. Zum Beispiel an dem bunten Schmetterling, der da in der Sonne tanzt."

„Ein Pfauenauge."

„Wahrscheinlich hast du recht."

„Willst du ihn nicht fotografieren?"

„Hat keinen Zweck. Ich kann hiermit nicht so nah ran."

„Ist wohl ein billiges Ding?"

„So, also ein Pfauenauge. Hat Gott ihn nicht wunderbar gemacht?", fragt sie lächelnd und schielt zu Jennifer hinüber, um zu sehen, wie sie reagiert. „Mit den Augen auf ihren Flügeln, die angreifende Tiere abschrecken, weil die denken, ein größeres Tier blickt sie an. So schützt der Schöpfer seine Kreatur."

„Wenn du das so siehst … Aber warum hält der Schöpfer dann zu den Schmetterlingen? Und wendet sich damit gegen den armen Vogel, der sich von dem Schmetterling ernähren will? Warum ist er einmal auf der Seite des Bussards, gibt ihm scharfe Augen und scharfe Krallen, um die Maus zu fangen, dann aber gibt er der Maus flinke Beine und ein Erdloch, dass sie sich in Sicherheit bringen kann? Macht es Gott Spaß, zuzusehen, wer gewinnt, nachdem er alle Parteien mit trickreichen Angriffs- und Verteidigungsstrategien ausgestattet hat?"

„Hm. Du fragst Dinge …"

„Und warum hat er Bakterien und Viren geschaffen – wenn er sie denn geschaffen hat? Um die Menschen zu quälen? Oder hat er die Menschen geschaffen, damit die Bakterien in ihnen einen ordentlichen Lebensraum haben? Und … warum gibt es Krebszellen? Die sind doch auch Leben, oder etwa nicht? Sie vergrößern sich, also müssen sie … Was für einen Sinn haben sie – nach deiner Vorstellung von einer göttlichen Ordnung der Welt?" Jennifer dreht den Kopf zur Seite, als erwarte sie gar keine Antwort.

Barbara merkt das und antwortet darum erst nach einigem Schweigen: „Ehrlich – das weiß ich auch nicht." Dann schweigen sie beide.

Schließlich sagt Barbara: „Es hatte schon damals nicht viel Sinn, so zu diskutieren …"

„Sagte ich eben schon."

„Ich will die Schöpfung nicht benutzen, um den Schöpfer zu beweisen. Aber nachdem ich weiß, dass alles aus Gottes Hand hervorgeht, will ich mich daran freuen und ihn loben …"

„Für die Viren und die Krebszellen?"

„Ach, Jennifer! Du bist mir schon damals überlegen gewesen, wenn wir diskutiert haben. Ich gebe es zu. Gut, die Schöpfung ist kein Gottesbeweis, meinetwegen. Grund zum Danken und Freuen mag sie auch nicht immer sein, meinetwegen. Aber wenigstens kann sie manchmal ein Gleichnis sein für geistliche Wahrheiten. Ist ja auch nicht erstaunlich, weil Gott der Ursprung von allem ist. Fällt mir nur grade ein, wo ich den Schmetterling sehe. Eine Raupe verpuppt sich und heraus kommt ein ganz anderes Tier, ein Schmetterling. Wir leben auf dieser Welt nur vorläufig. Das Ziel ist, dass wir einmal in Gottes Herrlichkeit ..."

„Herumflattern?", unterbricht Jennifer. „Entschuldige, Barbara, ich will deinen Glauben ja nicht lächerlich machen. Im Gegenteil, ich wäre dafür offen – war ich damals schon –, wenn ich davon überzeugt würde. Aber das ist bisher noch keinem gelungen."

Beide schweigen, Barbara blickt zu den wenigen kleinen Wolken hinauf, Jennifer ins Gras.

„Im Übrigen", fährt Jennifer fort, „erkläre mir, warum alle immer so tun, als sei der Schmetterling das Eigentliche, und die Raupe nur die unvollständige Vorbereitung. Weil der Schmetterling fliegen kann und so schön bunt ist? Das ist er nur wegen der Fortpflanzung. Er lebt aber nur kurz, manche Schmetterlinge leben nur ein paar Tage. Aber die Raupe lebt Monate. Sie ist das eigentliche Tier."

„Was du alles weißt! Willst du damit jetzt auch etwas sagen?"

„Denk selber nach, Barbara! Was will ich wohl damit sagen? Ich verrate es dir: Wir leben hier als hässliche Raupen oder kriechen als Engerlinge im Dunkeln herum. Und manche können den Gedanken nicht ertragen, dass das alles sein soll, und hoffen darum, eines Tages Schmetterlinge zu werden. So wie du: Eines Tages sind wir im Himmel und alles wird gut. Aber das ist ein Irrtum. Wunschdenken. Unser eigentliches Leben ist nicht in einer seligen Zukunft, sondern hier und jetzt. Mit allem Elend, das dazugehört."

Barbara sieht die andere an. „So heftig hast du meinen Glauben früher nie angegriffen."

Sie bekommt keine Antwort. Da merkt sie das Zucken in Jennifers Schultern, dann ein schniefendes Geräusch. „Jennifer, was ist? Weinst du?"

Jetzt dreht Jennifer ihr das Gesicht wieder zu. Tränen laufen über ihre Wangen. Beide sehen sich wortlos an.

Nun greift Jennifer in die kleine Umhängtasche, die neben ihr liegt, und nimmt ein zusammengefaltetes Papier heraus. Sie faltet es langsam auseinander und reicht es der alten Freundin. Die sieht in der Kopfzeile das Emblem und den Namen eines medizinischen Labors. Alles andere ist schwer zu verstehen, mehr zu erraten.

„Heißt das ... heißt das, du hast Krebs?" Sie sieht die Freundin erschrocken an. Die nickt wortlos und kaum sichtbar, nimmt das Papier wieder an sich, faltet es zusammen und steckt es ein.

„Ich bin ein Idiot!", murmelt Barbara. „Ich hätte längst merken sollen, dass mehr dahintersteckte, als du vorhin ..."

„Mach dir keinen Vorwurf! Und überlege nicht verzweifelt, wie du mich jetzt trösten kannst! Das kannst du nicht."

„Ich weiß. Leider. Du willst nicht hören, was für mich Trost ist."

„Das ist falsch, Barbara. Ich will es durchaus hören, aber so, dass es mich erreicht. Und überzeugt. Ich habe ... ich habe Angst, ich könnte etwas glauben, nur weil ich Trost brauche. Ich könnte mir etwas vormachen, das gar nicht stimmt, nur weil ich mich an so einem Gedanken festhalten will wie ein Ertrinkender an einem Strohhalm. Sicher wäre es großartig, wenn nach diesem Engerlingsdasein ein Schmetterlingsleben käme. Aber ist es so? Ich brauche eine Antwort, die wirklich zuverlässig ist. Vermutlich kannst du mir diese Sicherheit auch nicht geben. Bisher jedenfalls konntest du es nicht. Ich mache dir keinen Vorwurf, Barbara! Versteh mich nicht falsch!" Sie macht eine heftige Bewegung mit dem Arm, als wollte sie damit das Gespräch für beendet erklären.

Barbara sagt leise: „Aber ich weiß, wer dir die richtige Antwort geben kann, die dich auch erreicht: Gott selber. Du solltest mit ihm reden."

„Das hast du früher auch schon gesagt."

„Und? Hast du es ausprobiert?"

„Nein."

„Du hast geantwortet: Wie kann ich mit jemandem reden, von dem ich nicht überzeugt bin, dass es ihn gibt und dass er mich hört? Und ich habe darauf gesagt: Probier es doch einfach! Dann merkst du, ob er antwortet."

Jennifer nickt. „Ich weiß. Mir kam das verrückt vor. Aber ..."

„Aber?"

„Die Situation hat sich geändert. Damals war es Spielerei. Freude am Diskutieren, am Duell mit Worten und Gedanken. Jetzt betrifft es mich persönlich."

„Und? Willst du darum jetzt wagen zu beten? Soll ich ... äh, für dich ...?"

Jennifer sieht Barbara an. „Vielleicht glaubst du es nicht nach meinem Reden vorhin. Aber ich habe schon ... einen ersten Versuch, zu beten ..."

Barbara legt die Hand auf Jennifers Arm.

„Und wenn du wissen willst, ob Gott mir geantwortet hat ...", fährt Jennifer fort, „dann jedenfalls nicht so, wie ich dachte, oder wie du vielleicht denkst. Aber irgendwie geantwortet hat er vielleicht doch. Ziemlich prompt sogar. Als ich nämlich gerade mit meinem Gebet fertig war, kamst du über die Wiese." Sie lächelt schwach.

Als Barbara nicht antwortet, weil ihr nichts Passendes einfällt, schiebt Jennifer nach: „Da kamst du mit deiner Ehrlichkeit, auch mal zuzugeben, dass du keine Antwort weißt, mit deinem Glauben, der sich nicht aus der Ruhe bringen lässt, mit deiner Freundlichkeit, die sich auch durch meine Schroffheit nicht abschrecken lässt. Womit du zwar meinen Verstand nicht erreicht hast, aber irgendetwas anderes in mir. Vielleicht warst du also Gottes Antwort. Mit deinem ... na ja, eben wie du bist. Und mit deiner dämlichen Kamera."

Sie sehen sich an und versuchen ein Lächeln.

EINE GUTE IDEE

Pünktlich um acht Uhr am Morgen stand der kleine Bus abfahrbereit vor dem Ferienhotel. Neun Gäste saßen schon darin und freuten sich auf eine Rundfahrt über einige der schönsten Strecken der bayrischen und österreichischen Alpen. Der Busfahrer war zugleich der Eigentümer des Fahrzeugs, der im Hotel seine Fahrten zu besonderen Sehenswürdigkeiten anbot.

Endlich ging es los. Zwei ältere Ehepaare fuhren mit, sie hießen Lindenbacher und Bader, und ein junges Paar mit Namen Leinemann, das seinen ersten Hochzeitstag vor einer Woche hier gefeiert hatte. Dazu ein älterer Herr, der Wert darauf legte, mit Doktor Kahl angesprochen zu werden, eine gewisse Susanne Gerster, eine Dame von etwa fünfzig Jahren, immer etwas besser als urlaubsmäßig gekleidet, sowie eine junge Frau namens Renate Freitag.

Auf dem Weg zum Fernpass kam ihnen in einer Kurve ein Lastwagen entgegen, der Baumstämme geladen hatte. Der Busfahrer fürchtete wohl, dass der Fahrer des Lastwagens das Ausscheren der weit nach hinten hinausragenden Stämme in der engen Kurve nicht bedacht hätte, und wich unwillkürlich nach rechts aus. Dabei kam er zu weit an den Rand der Straße. Der Kleinbus rutschte ab und fiel, sich einmal überschlagend, etwa fünfzehn Meter tief in eine Schlucht, in der ein Bergbach floss.

Als die Schreckensschreie verklungen waren und die

Schockstarre bei den zehn Menschen im Bus schwand, zeigte sich, dass das Fahrzeug mit der rechten oberen Kante an der tiefsten Stelle im Bach lag. Einige Insassen hatten Blessuren und Stauchungen, einige auch Schnittwunden von den Scherben der zerbrochenen Scheiben, aber schwer verletzt schien niemand zu sein. Der Fahrer allerdings war, wohl durch einen Stoß am Kopf, ohnmächtig geworden. Er atmete aber, wie Daniel Leinemann, der hinter ihm gesessen hatte, erleichtert feststellte.

Es wäre nach dem Krachen und Poltern für die ersten Augenblicke still gewesen in dem schräg auf der Seite liegenden Bus, wenn nicht erstens Luise Lindenbacher unaufhörlich „Otto! Otto!" geschrien, und wenn nicht zweitens der Gebirgsbach so laut gerauscht hätte. Der Bach führte ungewöhnlich viel Wasser, wie von Ortskundigen später zu Protokoll gegeben wurde. Er floss nicht nur um das Fahrzeug herum, sondern auch hindurch: Er trat durch die zerbrochene Frontscheibe ein und verließ es durch das Heckfenster, das ebenfalls zu Bruch gegangen war. Da es keine Sitze oder andere Gegenstände am Dach und der rechten Seite des Busses gab, auf die sich die Menschen retten konnten, standen und saßen sie nun im eiskalten Wasser.

Zwei Männer, Daniel Leinemann und Otto Lindenbacher, bemühten sich, den ohnmächtigen Busfahrer zu sichern, damit er nicht mit dem Kopf unter Wasser kam, während der dritte männliche Fahrgast die drei Seitenscheiben einschlug, die noch heil geblieben waren, um einen Weg aus dem Fahrzeug zu finden. Es stellte sich aber heraus, dass der Bus so in dem engen Taleinschnitt eingeklemmt war, dass unmittelbar vor den linken Seitenfenstern, die nun schräg oben waren, die Felswand begann. Man müsste ein geschickter Turner sein, um sich da herauszwängen zu können, dachte Karl Bader. Der vierte Mann im Wagen, Doktor Kahl, blickte, im Wasser stehend, tatenlos und wie erstarrt auf die Szene.

Inzwischen standen einige Fahrzeuge oben auf der Straße, deren Insassen hilflos auf den Unglücksort hinuntersahen. Warnlichter blinkten. Jemand hatte per Handy den Rettungsdienst alarmiert, aber darüber hinaus konnte niemand etwas für die Verunglückten tun, weil die Wände zu steil waren, um hinunterzuklettern. Und außerdem – wie sollte man helfen?

„Platz da!", rief jemand. Ein Mann, etwa um die vierzig, und ein jüngerer, der dem Aussehen nach sein Sohn sein konnte, drängten sich an den Rand der Straße. Sie hatten ein fachmännisch aufgerolltes Bergsteigerseil dabei. Offenbar waren sie unterwegs zu einer Bergtour oder kamen von dort. Der Ältere schlug das eine Ende des Seils um die Anhängerkupplung eines Mercedes, ohne zu fragen, wem der gehörte und ob es dem Besitzer recht war. Dann warf der junge Mann das Seil nach unten und ließ sich daran zu dem Unglücksfahrzeug hinunter.

Dort angekommen, sprang er ins Wasser vor dem Bus, schlug mit einem Stein die restlichen Scherben der Frontscheibe aus dem Rahmen und kroch hinein. Mithilfe von Daniel Leinemann schlang er das Seil dem ohnmächtigen Fahrer um die Brust und schob ihn nach draußen. Er gab seinem Vater ein Zeichen, und der zog unter Mithilfe einiger Männer, die dabeistanden, den Hilflosen zur Straße hinauf.

Auf die gleiche Weise holte der junge Helfer nun die übrigen Verunglückten, einen nach dem andern, aus dem Fahrzeug. Zuerst Frau Lindenbacher, die immer noch schrie, was den anderen ziemlich auf die Nerven ging. Dann die anderen Frauen, wie es sich gehörte – mit zwei Ausnahmen:

Nicole Leinemann und Renate Freitag, die jungen Frauen, meinten, dass sie ruhig noch länger warten könnten. Die älteren Männer hätten sicher weniger Widerstandskraft, vor allem gegen die Kälte durch das Wasser.

Nach etwa zwanzig Minuten waren alle Verunglückten oben und wurden in Decken gehüllt, um wieder warm zu werden.

Gerade als der junge Retter selbst heraufkam, trafen auch Polizei und mehrere Krankenwagen ein. Die Verunglückten wurden in ein Krankenhaus gebracht, die Polizei suchte nach Augenzeugen des eigentlichen Unfalls, ohne welche zu finden, fotografierte alles und mahnte die Neugierigen, die Straße frei zu machen. Eine halbe Stunde später standen nur noch zwei Erwachsene mit zwei Kindern, die ihr Auto ein Stück entfernt abgestellt hatten, am Straßenrand und beobachteten, wie der Gebirgsbach durch das Wrack des Kleinbusses strömte.

Im Foyer des Ferienhotels saßen sie alle zusammen. Sie waren an unterschiedlichen Tagen aus dem Krankenhaus entlassen worden, je nach Schwere ihrer Blessuren, aber bei keinem hatte es länger als drei Tage gedauert. Nur der Busfahrer hatte wegen einer schweren Gehirnerschütterung sicherheitshalber noch dableiben müssen, war aber auch erkennbar auf dem Weg der Besserung. Die Leitung des Hotels hatte es sich nicht nehmen lassen, an zwei Tagen ein Auto zu schicken, um die Geheilten abzuholen.

Nun saßen sie zusammen, tranken je nach Veranlagung und Gewohnheit Sekt, Bier oder Kaffee und erzählten sich gegenseitig und auch einigen anderen Hotelgästen, wie das Unglück aus ihrer Sicht abgelaufen war. Alle sahen bei sich selbst etwas Heldenhaftes oder auch etwas Tragisches. Aber ganz unbestritten wurde der junge Mann, der mit dem Rettungsseil zu ihnen herabgestiegen war, als der größte Held betrachtet.

„Wie heißt der eigentlich? Weiß das jemand?", fragte Karl Bader.

„Ich habe es mir von der Polizei sagen lassen", antwortete Susanne Gerster. „Auch die Adresse habe ich, und die Telefonnummer. Er heißt Amann. Vater und Sohn. Sie wohnen in Immenstadt."

„Seine Adresse?"

„Ja, ich dachte – nun ja, vielleicht können wir uns bei ihm bedanken. Gemeinsam einen Brief schreiben, oder so ..."

Renate Freitag, die Jüngste in der Runde, bemerkte: „Das ist eine gute Idee! Es wäre wirklich schäbig, wenn wir gar nichts von uns hören ließen nach allem, was er für uns getan hat. Er hat uns das Leben gerettet!"

„Wir wollen mal nicht übertreiben!", mahnte Doktor Erwin Kahl. „Gerettet hat er uns sicher – aus einer misslichen Lage. Aber in unmittelbarer Lebensgefahr waren wir ja nicht."

„O doch!", widersprach Hermine Bader, grauhaarig und dünn. „Ich war völlig unterkühlt! Nur zehn Minuten länger in dem kalten Wasser, und ich wäre nie wieder warm geworden."

„Ist doch egal, wie groß unsere Lebensgefahr war!", sagte Daniel Leinemann und schlang dabei den Arm um seine junge Ehefrau Nicole. „Gerettet hat er uns jedenfalls. Seine selbstlose Heldentat wird nicht kleiner oder größer, je nachdem, was uns da unten hätte passieren können."

„Ja, und darum meine ich, wir sollten einen Brief ...", begann Susanne Gerster, aber Renate Freitag fiel ihr ins Wort: „Ich finde, ein Brief ist zwar besser als gar nichts. Aber angemessen wäre es, wenn wir hinfahren und uns persönlich bedanken."

Alle schwiegen einige Augenblicke. Aber als Otto Lindenbacher meinte: „Ehe wir nach Hause fahren! Ja, das fände ich gut. Du nicht auch, Luise?", da nickten einige, andere murmelten bestätigend, und so steigerten sie sich gegenseitig in eine gewisse Begeisterung für diesen Plan. Am Ende stand der Beschluss: Susanne sollte anrufen und fragen, ob Familie Amann morgen zu Hause wäre. Wenn das der Fall war und sie nichts dagegen hätten, wollten sie gemeinsam in zwei Autos hinfahren. Es seien nur knapp zwei Stunden, wusste Otto Lindenbacher, der sich im Allgäu auskannte.

Als Frau Gerster den Anruf getätigt hatte und meldete, dass sie willkommen seien, wurde beschlossen, am nächsten Tag gleich nach dem Mittagessen loszufahren.

„Ich habe mir überlegt", sagte am folgenden Tag Herr Bader, „dass es für die Leute lästig sein muss, wenn wir mit so vielen über sie herfallen. Am Ende fühlen sie sich verpflichtet, uns zu bewirten. Es ist doch unverschämt, wenn wir uns so aufdrängen. Darum wollen wir nicht mitfahren, meine Frau und ich."

Susanne Gerster meinte: „Natürlich werden wir uns nicht bewirten lassen! Im Gegenteil, wir könnten doch Vater und Sohn und wer da noch zur Familie gehört, in ein Café einladen. So etwas gibt es da doch sicher."

„Gibt es", bestätigte Otto Lindenbacher. „Aber ich muss Herrn Bader in gewisser Weise recht geben. Wenn wir da in Regimentsstärke einfallen, ist das für die Leute lästig. Es reicht doch, wenn nur einige hinfahren und für uns alle unseren Dank zum Ausdruck bringen."

„Sie enttäuschen mich!", stellte Susanne Gerster fest.

„Ich habe noch einen anderen Grund, weshalb ich mit meiner Frau hierbleiben werde. Meine liebe Luise ist nervlich sehr angespannt. Das Unglück hat sie in äußerstem

Maß mitgenommen. Gerade eine lange Autofahrt will ich ihr jetzt nicht zumuten. Da kommen Erinnerungen hoch und bei jeder Kurve wird ihr fast schwarz vor Augen."

Eine Weile schwieg man betreten, bis Renate Freitag sagte: „Nun fehlt schon der Busfahrer und dann wollen auch die zwei Ehepaare nicht mit! Dann sind von uns zehn nur noch fünf übrig! Gerade mal die Hälfte."

„Nur noch vier", berichtigte Doktor Kahl. „Ich sehe ebenfalls die Notwendigkeit nicht ein, dort …"

„Von Notwendigkeit ist keine Rede, Herr Doktor Kahl!", bemerkte Susanne spitz. „Aber von Anstand, von moralischer Pflicht."

„Außerdem", fuhr Erwin Kahl unbeirrt fort, „arbeite ich gerade an einem Vortrag über das Schwinden von Krüppelkiefern und anderen Hochgebirgsgewächsen im Zuge des Klimawandels und als Folge der zivilisatorischen Eingriffe des Menschen in die Natur der Alpen. Ich muss das Thema durcharbeiten, solange meine Eindrücke noch frisch sind."

Renate murmelte leise, sodass nur die neben ihr sitzende Susanne es verstehen konnte: „Hoffen wir, dass im mitmenschlichen Klimawandel deine Moral nicht völlig verkrüppelt."

Laut sagte Nicole Leinemann: „Das ist ja wie bei dem alten Kinderlied: Zehn kleine Negerlein …"

„Negerlein sagt man nicht!", kritisierte Doktor Kahl, offensichtlich bemüht, dem Gespräch eine neue Wendung zu geben.

„Papperlapapp!" Dieses Argument kam von Nicoles Mann Daniel. „Es ist doch ein Lied, das schon seit vielen Jahrzehnten bekannt ist. Soll man es umdichten, nur um nicht gegen die politische Korrektheit zu verstoßen?"

Renate runzelte die Stirn: „Was ist das für ein Lied? Ich kenne es nicht."

Nicole erklärte: „Ein Kinderlied. Zehn Negerlein sind es am Anfang und dann werden es immer weniger. So wie bei uns. Erst waren wir zehn, dann neun, dann sieben, dann fünf, und jetzt nur noch vier, nachdem der Herr Doktor sich seinen Krüppelkiefern widmen will."

Susanne Gerster meinte: „Ich kenne eine Geschichte, die passt noch besser als das Lied von den zehn kleinen Negerlein. Eine Geschichte aus der Bibel. Jesus hatte zehn Aussätzige gesund gemacht. Und am Ende wollte sich nur ein Einziger bei ihm bedanken."

„Sie kennen sich wohl gut in der Bibel aus?", fragte Hermine Bader, aber es war nur eine Bemerkung, um irgendetwas in die allgemeine Stille hinein zu sagen.

Renate Freitag überlegte laut: „Stimmt. Eigentlich haben wir nicht nur Vater und Sohn Amann zu danken, sondern auch Gott, der uns vor Schlimmerem bewahrt hat."

„Ach, hören Sie mir mit so was auf!", murrte Doktor Kahl.

Jemand vom Hotel trat zu ihnen. „Frau Gerster? Sie werden am Telefon verlangt." Susanne stand auf und ging mit zur Rezeption.

Renate meinte: „Wir sollten wirklich bald aufbrechen, statt hier so lange zu diskutieren! Sobald Frau Gerster wiederkommt."

Daniel räusperte sich und sagte leise zu seiner Frau: „Findest du nicht, Nicole, dass wir auch hierbleiben sollten? Ich meine, entweder alle oder keiner. Aber nur mit vier Leuten anzurücken und von den anderen sechs liebe Grüße zu bestellen ..."

„Warum, Liebling? Es ist doch egal, ob ..."

„Ich meine auch noch etwas anderes, Schatz. Sieh mal, wir wollten unseren Hochzeitstag mit einem schönen Urlaub feiern, den wir uns nach harter Arbeit wirklich verdient haben.

Nun hat uns dieser Unfall schon ein paar Urlaubstage genommen. Da sollten wir die Zeit, die uns noch bleibt, nicht mit anderen Dingen vertun."

„Na ja, wenn du meinst, Liebling – bleiben wir eben hier."

„Tut mir leid, Renate!" Die jungen Leute waren schon vorher zum Du übergegangen. „Nun bist du mit Frau Gerster allein übrig. Nur noch zwei kleine Negerlein ..."

Susanne Gerster kam zurück. „Es tut mir leid", sagte sie, „ich kann nicht mitfahren. Das war meine Tochter. Sie wollte sogar, dass ich gleich zurückkomme, um mich von dem Stress zu erholen. Aber ich habe gesagt, hier kann ich mich doch erst recht erholen. Zumal ich schon bezahlt habe. Aber nach Immenstadt sollte ich jetzt lieber nicht fahren. Das habe ich ihr versprochen, um sie zu beruhigen."

Renate stand auf. „Sehe ich es richtig, dass ich jetzt allein übrig bin?"

„Sieht so aus. Der letzte Samariter." Susanne breitete bedauernd die Hände aus.

„Der letzte *was*?"

„Samariter. Der Mann, der als Einziger zu Jesus kam und sich bedankte, war ein Samariter. Das ist das Besondere an der Geschichte, weil die Samariter von den Juden verachtet wurden. Man dachte, sie seien nicht richtig fromm."

Renate meinte: „Ich fürchte, ich bin auch nicht richtig fromm. Aber vielleicht ist das ein Fehler, wenn ich bedenke, wovor Gott mich bewahrt hat ... uns alle übrigens! Es kommt Ihnen sicher komisch vor – mir selbst auch –, aber ich bin fest entschlossen, Gott zu danken. Ich weiß zwar noch nicht so richtig, wie man das macht, aber ich fange mal an mit dem Dank an die Menschen, die Gott wohl gebraucht hat, um uns zu retten."

Sie ging hinaus. Kurz darauf sahen die anderen durch die große Glastür, wie ihr kleiner blauer Fiat vorbeifuhr.

AUSGRABUNGEN

„Kann ich Sie mal kurz sprechen?"

„Natürlich, gern. Wenn Sie einen Moment dort …"

Der Pfarrer deutete zur Seite. Der Mann trat ein paar Schritte auf eine Wiese neben der Kirchentür und beobachtete, wie der Pfarrer die letzten Gottesdienstbesucher verabschiedete. Er reichte jedem die Hand, lächelte freundlich und fand hier und da ein paar nette Worte.

„Gehen wir rein?", fragte der Geistliche und machte eine Handbewegung. Sie betraten die Kirche und ließen sich nebeneinander auf einer Bank nieder.

„Ich bin Jörg Sauter", begann der etwa fünfzigjährige Mann. Er war von kräftiger Statur, hatte eine Glatze und trug einen kurzen Kinnbart. Als der Pfarrer ihn fragend anblickte, erklärte er: „Ich möchte gern wissen, wer Ihnen von mir erzählt hat."

„Mir? Von Ihnen? Niemand."

„Das nehme ich Ihnen nicht ab, Herr Pfarrer!"

„Erstens, Herr Sauter, ist es aus der Mode gekommen, ‚Herr Pfarrer' zu sagen. Mein Name ist May. Und zweitens weiß ich nicht, wovon Sie sprechen. Ich kannte Sie ja bisher gar nicht. Wer sollte mir denn etwas über Sie erzählt haben? Und was?"

„An solche Zufälle glaube ich nicht!", knurrte trotzig Herr Sauter.

„Welchen Zufall meinen Sie?"

„Ich bin fast nie in der Kirche. Zum letzten Mal war ich hier bei meiner Konfirmation. Heute bin ich nur ausnahmsweise gekommen, weil meine Tochter demnächst hier heiraten will. Ich wollte mich einfach noch mal umsehen. Und außerhalb der Gottesdienste ist die Kirche ja immer geschlossen."

„Das stimmt. Und?"

„Und ausgerechnet an diesem Tag predigen Sie mich an! Das ist doch kein Zufall!"

„Ich habe Sie angepredigt? Womit denn?"

„Tun Sie doch nicht so scheinheilig! Das wissen Sie doch ganz genau! Mit dieser Geschichte vom Schatz im Acker."

Pfarrer May muss sich zurückhalten, um nicht zu lächeln. „Nein, Herr Sauter, da irren Sie. Das Gleichnis vom Schatz im Acker ist der Predigttext, der für heute vorgesehen war. Und dass Sie heute kommen würden, wusste ich nicht. Und es hat mir auch niemand Informationen über Sie zugetragen."

Sauter guckte den Pfarrer verwirrt an. „Ehrlich? Ein Pfarrer darf nicht lügen!"

„Ein anderer auch nicht ..." May lächelte. „Wie kommen Sie denn darauf ... oder besser gefragt: Was hat man mir denn angeblich über Sie verraten?"

„Na, wenn ichs Ihnen jetzt erzähle, habe ich ja selbst getan, was ich dem Unbekannten vorwerfe."

„Stimmt. Aber es hat Sie ja wohl verärgert, dass ich Ihrer Meinung nach öffentlich darüber gesprochen habe. Das würde ich natürlich nicht tun, wenn Sie mir etwas im persönlichen Gespräch anvertrauen."

Sauter brauchte ein paar Augenblicke, um diese Argumentation nachzuvollziehen. „Sie müssen Stillschweigen bewahren, nicht? Beichtgeheimnis und so ..."

„Stimmt."

„Es ist nämlich so: Ich habe auch einen Schatz im Acker gefunden, sozusagen."

„Ach ..."

„Ja, und ich habe gehört, dass man so was abgeben muss. Das habe ich aber nicht eingesehen. Es war ja mein eigener Garten, wo das lag. In Ihrer biblischen Geschichte gehörte der Schatz ja auch dem Mann, nachdem er den Acker gekauft hatte."

Der Pfarrer wiegte den bereits leicht ergrauten Kopf. „Nun, die Dinge liegen heute etwas anders. Wenn ich recht informiert bin, ist das in den einzelnen Bundesländern verschieden geregelt. Aber auf jeden Fall müssen Sie es angeben, wenn Sie einen Fund gemacht haben, der archäologisch von Bedeutung ist. Wahrscheinlich müssen Sie ihn dann abgeben."

„Sehen Sie, und deshalb habe ich den Fund verheimlicht. Weil ich das nicht einsehe."

„Gesetze, die man nicht einsieht, muss man trotzdem halten."

„Darüber will ich nicht mit Ihnen streiten, Herr Pf... Herr May. Es ging mir nur um den Waldner von nebenan. Mein Nachbar ist das. Der bespitzelt mich dauernd. Und immer hat er was zu meckern. Er kontrolliert, ob ich den Müll richtig trenne, ob ich die Hecke zwischen unseren Grundstücken ordentlich schneide, ob ich die Straße sauber kehre. Im Sommer jäte ich nicht genug, sodass angeblich Unkrautsamen in seinen Garten fliegt. Im Herbst stört ihn das herabgefallene Laub. Und im Winter ruft er mich um fünf nach sieben an, dass der Schnee auf meinem Stück Bürgersteig noch nicht weggekehrt ist. Es ist einfach furchtbar lästig."

„Das kann ich mir vorstellen."

„Und darum bin ich sicher, dass er mich auch beobachtet

hat, als ich das Loch gegraben habe. Für das Fundament meines kleinen Gartenhäuschens. Wahrscheinlich hat er mit dem Fernglas an seinem Schlafzimmerfenster gesessen oder er hat durch die Hecke geblinzelt. Da hat er vermutlich gesehen, wie ich den alten Krug rausgeholt habe."

„Einen Krug?"

„Ja, aus Ton und bemalt. Ich hatte mit der Spitzhacke ein Stück vom Rand abgeschlagen. Wusste ja nicht, dass das Ding da in der Erde lag. Aber der Krug ist auch nicht das Wichtigste, sondern der Inhalt. Es waren Münzen drin, alte Münzen, die ich nicht kenne. Irgendwie angerostet. Man muss sie erst reinigen, ehe man erkennen kann, was es ist. Zweiundzwanzig Stück in verschiedenen Größen. Und eine Halskette für eine Frau. Die scheint nicht so wertvoll zu sein, ist ziemlich kaputt. Ich nehme an, da wollte jemand seinen Schatz in Sicherheit bringen. Und als er gestorben ist, wusste niemand davon. Wie in Ihrer Geschichte."

„Es ist eigentlich nicht meine Geschichte", sagte der Pfarrer. „Sie stammt von Jesus."

„Meinetwegen. Mein Schatz ist ja wohl nicht so wertvoll wie der, aber sicher kann ich für die Münzen einiges bekommen."

„Ja, Gefängnis."

„Hä?"

„Wenn Sie den Fund nicht abgeben." May lächelte. „Ich verrate Sie nicht, klar. Aber vielleicht Ihr Nachbar? Und wenn nicht ..."

„Ich weiß, was Sie sagen wollen", unterbrach ihn der andere. „Gott sieht alles."

„Stimmt."

„Aber wenn Gott es sieht, kriege ich keine Gefängnisstrafe. War ein Scherz. Gut, Sie haben wahrscheinlich recht, ich sollte vielleicht … Ich überlege mir die Sache. Wahrscheinlich werde ich den Schatz dann doch nicht behalten."

„Sehr gut! Es ist auch zu Ihrem Besten."

Das Gespräch stockte. Schließlich meinte der Pfarrer: „Dann ist also alles klar?"

„Na ja, schon, irgendwie. Ich wollte ja auch eigentlich nicht von dem Fund erzählen, ich wollte mich nur beschweren, dass … ach, schon gut!"

„Über mich, dass ich für Sie gepredigt haben soll, oder über den Nachbarn?"

„Beides, irgendwie."

Pfarrer May lächelte wieder. „Sie haben recht, ich habe für Sie gepredigt."

„Doch?"

„Für andere natürlich auch, aber nicht weniger für Sie. Ich wollte Ihnen klarmachen: Es gibt so vieles, von dem wir meinen, dass es unser Leben ausmacht. Bei dem Tagelöhner in der Geschichte war es vielleicht die Familie, die Freundschaft oder seine tägliche Arbeit. Als er aber den Schatz fand, war das alles nicht mehr wichtig, verglichen mit dem großartigen Neuen. Bei Ihrem Nachbarn ist es vielleicht das Bedürfnis, alles picobello zu haben, nicht nur bei sich, sondern auch bei anderen. Vielleicht auch das stolze Gefühl, besser zu sein als der unordentliche Nachbar. Bei Ihnen ist es – ich weiß es nicht. Vielleicht der Wunsch nach mehr Geld, und sei es auf unrechte Weise. Wenn nun jemand entdeckt, dass es etwas gibt, das ungleich wertvoller ist, das das Leben ausfüllt und ihm einen tiefen Sinn gibt, dann lässt er alles, was ihm bisher wichtig war, und streckt sich nur nach diesem einen aus."

„Ja, ich verstehe, was Sie sagen wollen. Oder meinetwegen,

was Jesus mit der Geschichte sagen will. Aber was ist dieser Schatz? Was ist das Neue, das so viel mehr wert ist?"

„Der Glaube an Jesus. Das Wissen, von ihm geliebt zu sein, alle Schuld vergeben zu bekommen, ewiges Leben zu haben, Gottes Kind zu sein. Was kann es Wertvolleres geben!"

Sauter sah den Pfarrer verwirrt an und senkte dann den Blick. Er gab keine Antwort und May hakte auch nicht nach. Erst als sein Gesprächspartner nach einer Weile aufstand und sagte: „Nichts für ungut, wegen … Na, auf Wiedersehen!", da fragte der Seelsorger: „Haben Sie eine Bibel? Sonst kann ich Ihnen eine ausleihen. Ich meine nur – falls Sie nach dem Schatz graben wollen, von dem ich gesprochen habe."

„Äh … danke, ich müsste noch … irgendwo im Schrank … Also, nochmals vielen Dank!"

„Hier hinten, Herr Pfarrer – Herr May. Hinten im Garten! Ums Haus herum!" Der Pfarrer folgte der Stimme und da kam ihm auch schon der Hausbesitzer entgegen.

„Guten Tag, Herr Sauter! Vielen Dank für die Einladung! Ein Pfarrer, der ja oft ungebeten zu den Leuten kommt, der kommt natürlich besonders gern, wenn er ausdrücklich eingeladen wird."

„Schön, ich freue mich! Folgen Sie mir! Wir feiern die Einweihung meines neuen Gartenhäuschens."

Das Häuschen war nicht dafür gedacht, dass mehrere Menschen darin sitzen und essen konnten. Aber da schönes Wetter war, hatte der Gastgeber einen Gartentisch mit Stühlen auf der Rasenfläche aufgebaut.

„Meine Frau kennen Sie ja schon."

„Allerdings. In den letzten Wochen sind Sie beide ja regelmäßig im Gottesdienst."

„Und dies ist Herr Schönewolf. Wir haben uns kennengelernt, als ich den Fund ablieferte. Er arbeitet beim archäologischen Landesamt. Dies ist Herr May, unser örtlicher Pfarrer." Man begrüßte sich.

„Guten Tag, Herr Schönewolf. Nun, was waren das für Münzen? Barock oder Mittelalter oder Römerzeit?"

„Leider nur spätes siebzehntes Jahrhundert. Aber immerhin. Es sind ein paar schöne Stücke dabei. Und einige durfte Herr Sauter auch behalten."

Frau Sauter sagte: „Nehmen Sie doch bitte Platz, Herr May! Hier? Oder lieber im Schatten? Jörg, ich hole schon mal den Kuchen und den Kaffee. Oder warten wir noch?"

„Er müsste gleich … Ah, da ist er ja!"

Ein großer dünner Mann mit spärlichem Haar und spitzer Nase kam auf sie zu.

„Schön, dass Sie gekommen sind, Herr Waldner!" Sauter begrüßte ihn und stellte ihn den anderen Gästen vor.

„Ein Freund der Familie?", meinte der Archäologe.

Der Mann setzte sich. „Freund wäre vielleicht übertrieben. Ein Nachbar. Ein guter Nachbar."

Als Frau Sauter ins Haus eilte, um den Kaffee zu holen, und ihr Mann folgte, um die Torte zu tragen, sagte Herr Waldner leise zu den beiden Männern: „Schon zweiundzwanzig Jahre wohne ich hier. Nie hat mich jemand eingeladen. Ich allerdings habe auch nie … Und nun bittet mich Herr Sauter, herüberzukommen! Ich weiß gar nicht, wie mir geschieht."

„Aha", machte der Pfarrer nur, Herr Schönewolf sagte nichts.

„Er meinte", fuhr Waldner fort, „es gäbe Wichtigeres zu bereden als kleinliche, alltägliche Meinungsverschiedenheiten. Viel Wichtigeres. Ich weiß nicht, ob er den Garten meint."

„Vielleicht will er Ihnen den archäologischen Fund zeigen", vermutete Herr Schönewolf.

Pfarrer May sagte: „Ich denke, er meint noch etwas Wertvolleres."

„Ach? Da bin ich aber gespannt!"

DER GÄRTNER

Bei der Beerdigung vor drei Tagen war das Wetter schöner gewesen. Warm und trocken bei strahlend blauem Himmel. Als Karla hinter dem Sarg hergegangen war, hatte sie das unklare Gefühl gehabt, das Wetter sei unpassend. Wenn sie trauerte, durfte niemand lachen. Nicht einmal die Sonne.

Jetzt war es kühler. Es regnete nicht, aber die Luft war feucht. Einzelne Nebelschwaden, die durchs Tal krochen, streiften auch den Friedhof am Berghang. Es schien, als wäre der erste Angriff des Frühlings auf den Winter zurückgeschlagen worden. Aber der Jüngere sammelte erneut seine Kräfte und würde am Ende Sieger bleiben.

Ottos Grab hatte noch keinen Stein, aber die Kränze waren schon entfernt. Auf der anderen Seite des Kiesweges stand eine Bank. Karla setzte sich darauf. Katharina, ihre Tochter, setzte sich neben sie. Was sollte sie auch sonst tun? Ein zwölfjähriges Mädchen kann am Grab seines Vaters nur tun, was seine Mutter tut.

Aber als Karla minutenlang still saß, in ihrer Trauer gefangen wie in einem Kerker, und mit ihren Gedanken und Gefühlen immer wieder nur an Mauern stieß, da konnte das Kind sie nicht begleiten. Jedenfalls nicht so lange.

„Ich … Mama …", begann Katharina und wartete auf eine Reaktion der Mutter. Als nichts kam, fuhr sie fort: „Ich gehe ein bisschen rum, ja?"

Karla blickte ihre Tochter an. Sie hatte die Frage nicht richtig gehört, wollte aber auch nicht nachfragen. Sie nickte.

Katharina stand auf und schlenderte zwischen den Gräbern umher. Die meisten Namen kannte sie, aber nicht die Personen.

In der Nähe des Eingangs bückte sich ein Mann über ein älteres Grab und zupfte Unkraut heraus. Als Katharina vorbeikam, richtete er sich auf und lächelte. „Guten Tag, Katharina!"

Sie wunderte sich. Kennt der Mann mich? Wer ist das? Sein Gesicht kam ihr zwar ein wenig bekannt vor, aber sie wusste nicht, woher.

„Guten Tag."

„Du weißt wohl nicht, wer ich bin?"

Sie schüttelte den Kopf.

„Onkel Roland bin ich. Dein Onkel Roland."

Katharina antwortete nicht, aber der Zweifel stand ihr deutlich ins Gesicht geschrieben.

„Ich sehe, du weißt nichts von mir. Papa und Mama haben dir nichts von mir erzählt. Es wäre ihnen wohl lieber gewesen, wenn es mich gar nicht gegeben hätte. Besonders deiner Mama. Aber wenn man jemanden verschweigt, verschwindet er dadurch nicht einfach. Ich bin der jüngere Bruder deines Vaters."

„Ach?"

„Haben deine Eltern denn nie von mir gesprochen?"

„Äh ... von Roland war schon mal die Rede."

„Na, siehst du!"

„Ach, jetzt weiß ich, wo ich Sie gesehen habe: bei der Beerdigung." Vor ihrem inneren Auge lief die merkwürdige Szene ab: Ihre Mutter ging auf einen Fremden im schwarzen Anzug zu und redete leise, aber heftig auf ihn ein. Daraufhin drehte der sich um und ging davon. Als Katharinas Mutter zurückkam, blitzten ihre Augen noch voller Zorn. Katharina hatte sich gewundert, denn das schien ihr nicht richtig zu einer Beerdigung zu passen.

„Leider", sagte der Onkel, „leider wollte deine Mutter nicht, dass ich an der Trauerfeier teilnahm. Aber sag doch nicht ‚Sie‘ zu mir! Ich bin dein richtiger Onkel, auch wenn du mich bisher noch nicht kanntest."

Das Mädchen nickte.

„Weil ich also nicht bei der Trauerfeier dabei sein durfte, dachte ich, ich gehe heute mal zum Grab und halte meine private Trauerfeier. Aber ich sah euch beide auf der Bank. Da habe ich beschlossen, noch etwas zu warten, bis ihr wieder geht. Es ist ja nicht nötig, dass wir noch mal aneinandergeraten."

„Aber wenn Sie … wenn du der Bruder von Papa bist – warum … hattet ihr Zoff?"

„Das ist eine längere Geschichte. Wenn du willst, erzähle ich sie dir. Du kannst natürlich auch deine Mutter bitten, sie dir zu erzählen. Aber manchmal ist es auch gut, wenn man eine Sache von zwei Seiten geschildert bekommt. Jeder sieht die Dinge anders und dann kann man sich selbst ein Urteil bilden."

Katharina nickte. Der Onkel begann zu erzählen.

„Also, dein Vater hatte die Werkstatt unseres Vaters geerbt und mit Geschick zu einer kleinen Produktionsanlage ausgebaut. Ich hatte nichts mit der Metallverarbeitung im Sinn, interessierte mich mehr für die Natur. Darum machte ich eine Lehre als Gärtner. Gern hätte ich mich selbstständig gemacht mit einer kleinen Gärtnerei. Aber die Bank wollte mir keinen Kredit geben, es sei denn, ich fände einen Bürgen. Das ist jemand, der sich verpflichtet einzuspringen, wenn einer seinen Kredit nicht zurückzahlen kann. Dein

Vater hat mir von sich aus angeboten, für mich zu bürgen. Sein Betrieb lief damals gut. Ich konnte also anfangen. Aber es ging schief, weil … Na, die Einzelheiten erspare ich dir. Schließlich war ich bankrott und Otto musste zahlen. Das traf unglücklicherweise mit einer Absatzkrise in seinem eigenen Betrieb zusammen, sodass der auch kaputtging."

„Dass Papa einen Betrieb hatte, der pleite ging, das wusste ich. Da war ich noch ganz klein. Nur wie es dazu kam …"

„Nun weißt du es."

„Und seitdem fetzt ihr euch, du und wir?"

„Nun, dein Papa hat mir keine Vorwürfe gemacht. Oder sagen wir: wenige. Deine Mama dafür umso mehr."

„Und darum wollte sie nicht, dass du zur Beerdigung kommst?"

„Sie meint wohl – jedenfalls hat sie das gesagt –, ich sei an Ottos Tod schuld."

„Aber er ist an Krebs gestorben."

„Ja", sagte Roland nur und breitete die Hände aus, als habe er auch keine Ahnung, wie das zu erklären sei.

Katharina meinte: „Ich frage Mama danach."

„Besser nicht hier am Grab", riet ihr Onkel. „Frag sie später. Sag ihr auch nicht, dass wir miteinander gesprochen haben. Das ärgert sie nur. Wir sollten ihr jetzt Zeit lassen zu trauern."

Das verstand Katharina nicht. Jemandem Zeit lassen zu trauern? War es denn nicht besser, die Trauer so bald wie möglich zu beenden? Aber sie sagte nichts, nickte nur und ging zu ihrer Mutter zurück.

„Wo warst du denn so lange?", fragte Karla, als Katharina sich wieder neben sie setzte.

„Och – ich hab mich unterhalten."

„Mit wem?"

„Einem Mann."

„Du sollst doch nicht mit fremden Männern reden, wenn du alleine bist!"

„Es war ja kein Fremder."

„Kein Fremder? Wer war es denn?"

Katherina zögerte, aber dann sagte sie: „Onkel Roland."

Karla schreckte auf, setzte sich gerade hin und sah ihre Tochter überrascht an, sagte aber nichts.

„Mama, sag mal ehrlich: Stimmt es, dass er an Papas Tod schuld ist? Er sagt, du hättest das behauptet. Aber er ist doch an Krebs gestorben."

Karla ließ sich Zeit mit der Antwort. „Es stimmt, dass er an Krebs gestorben ist. Aber ... weißt du, dein Onkel ist schuld am Zusammenbruch unsrer Firma, weil dein Papa ihm ..."

„Ich weiß. Das hat er mir erzählt. Aber wenn Papa die Firma nicht mehr hatte ... Gut, wir hatten sicher nicht mehr so viel Geld wie vorher, aber davon stirbt man doch nicht."

„In gewisser Weise doch. Nämlich ... Sieh mal, dein Papa war so ganz in seiner Firma aufgegangen. Sie war sozusagen sein ganzer Lebensinhalt. Als er sie nicht mehr hatte, war das sehr deprimierend für ihn. Er meinte auch, er müsse sich für den Bankrott schämen, was natürlich Unsinn ist, aber das konnte ich ihm nicht klarmachen. Er hat, besonders als er dann krank wurde, seinen Lebensmut verloren. Versteh mich recht – nicht dass er sich das Leben selbst genommen hätte vor Verzweiflung! Aber ... Der Arzt hat es so gesagt: Wenn er gegen seine Krankheit kämpfen würde, dann hätte er eine viel größere Chance, sie zu besiegen. Aber er sah kein Ziel mehr! – Ach, Kind, ich wollte dir das alles eigentlich nicht erzählen. Aber wieder mal hat Roland sich eingemischt."

„Ach, Mama! Ich bin doch kein Baby mehr! Ich finde es

nicht richtig, dass ihr mir das alles verschwiegen habt. Ich hatte keinen blassen Schimmer, dass ich einen Onkel habe und dass der uns … Ich finde das nicht okay!"

Karla kommentierte das nicht. Sie nahm wieder ihre vorherige Haltung ein: die Ellenbogen auf den Oberschenkeln abgestützt und das Gesicht in den Händen vergraben. Nach einer Weile fragte sie zu ihren Füßen hinunter: „Was machte er denn da?"

„Onkel Roland? Er wollte zu Papas Grab. Aber weil er nicht mit dir zusammenrasseln wollte, hat er noch gewartet, bis wir verschwinden."

„Wie kamst du überhaupt mit ihm ins Gespräch? Du kanntest ihn doch gar nicht. Hat er dich angesprochen?"

„Ja. Er hat da Unkraut … wahrscheinlich nur zum Zeitvertreib. Ich dachte, er wäre der … wie heißen die Leute, die hier alles in Ordnung halten?"

„Friedhofsgärtner."

„Ja. Aber er hatte keine Arbeitsklamotten an."

„Du dachtest, er wäre der Gärtner!" Karla richtete sich plötzlich auf, als habe sie etwas erschreckt. Sie blickte in den grauverhangenen Himmel, aber Katharina merkte, dass ihr inneres Auge etwas anderes zu sehen schien.

„Was ist, Mama?"

Sie spürte die plötzliche Veränderung in ihrer Mutter, und die war ihr unheimlich. Sie rückte näher, um sich an sie zu schmiegen. Aber Karla sprang auf und ging, von einer inneren Unruhe getrieben, vor der Bank hin und her. Dann blieb sie stehen und strich sich mit der Hand langsam über das Gesicht, wie wenn man nach dem Aufwachen den Schlaf vertreiben will.

„Mama! Sag doch, was ist?"

Die Mutter setzte sich wieder und legte ihrer Tochter den Arm um die Schulter. „Ach … nichts, Katharina."

„Mama! Ich habe eben schon gesagt, ich bin kein Baby mehr! Warum willst du mir nicht sagen, was du denkst?"

Nach einer Weile des Schweigens sagte Karla: „Du hast wohl recht." Und sie drückte ihre Tochter fester an sich. „Als du eben sagtest, du dachtest, es sei der Gärtner, da hat mich das an etwas erinnert."

Sie nahm den Arm zurück und öffnete den Reißverschluss ihrer Jacke, als wenn es ihr plötzlich zu warm geworden wäre. Langsam erzählte sie: „Wir waren damals im Jugendkreis unserer Kirche. Alle drei, dein Papa, sein Bruder und ich. Oft haben wir kleine Theaterstücke aufgeführt. Einmal haben wir die Ostergeschichte aus der Bibel nachgespielt. Ich war Maria Magdalena und hatte den Jüngern zu berichten, was ich am Ostermorgen am Grab erlebt hatte. Der Leichnam von Jesus war nicht im Grab. Da kam ein Mann, von dem ich zunächst dachte, er sei der Gärtner ... ich meine, Maria Magdalena dachte das. Aber es war Jesus. Er war vom Tod auferstanden."

„Und das ist dir jetzt eingefallen?"

„Der Satz: Ich dachte, es sei der Gärtner ... Genau den Satz musste ich im Theaterstück sagen. Und ich weiß noch, wie damals eine große Freude über mich kam. Jesus lebt! Der Tod hat nicht das letzte Wort."

Als ihre Mutter eine Weile geschwiegen hatte, in ihre Gedanken versunken, fragte Katharina: „Und du meinst ... obwohl Papa tot ist ..."

„Er lebt, Katharina! Weil doch Jesus lebt und seinen Leuten versprochen hat, dass sie auch leben. Mit ihm. Für immer."

Sie sah ihre Tochter an. „Verstehst du, Katharina?"

„Äh – nicht so richtig. Also, du hast doch schon immer gesagt: Wer an Jesus glaubt, kommt in den Himmel und lebt da ..."

„Ja, ich habe es immer gesagt. Aber es gibt Dinge, die

weiß man und weiß sie doch nicht. Das Wissen ist im Kopf, aber nicht im Herzen."

Katharina nickte. „Das verstehe ich."

Ein Windstoß musste wohl eine kleine Lücke in die Wolkendecke geblasen haben, jedenfalls schien es für kurze Zeit heller zu werden, ohne dass allerdings die Sonne direkt zu sehen war.

„Wartet Roland immer noch dahinten?"

„Wahrscheinlich."

„Bitte geh und hol ihn!"

Katharina guckte ihre Mutter erstaunt an. Dann stand sie auf und kam kurz darauf in Begleitung ihres Onkels zurück.

Der trat vor seine Schwägerin und sagte leise: „Es tut mir so leid, Karla!"

Sie stand auf, wollte ihm die Hand reichen, überlegte es sich spontan anders und umarmte ihn. „Mir tut es leid, Roland, wie ich dich behandelt habe."

Sie setzten sich auf die Bank, Katharina zwischen sich.

„Ich hatte lange vergessen, was uns früher einmal sehr wichtig war, dir und Otto und mir."

Als Roland etwas verständnislos guckte, mischte sich Katharina ein: „Aber jetzt weiß sie es wieder ... dass Jesus lebt. Und Papa irgendwie auch."

Roland nickte. „Auch ich habe in den letzten Tagen viel darüber nachgedacht, Karla. Soll ich dir sagen, wie ich darauf kam? Otto hat meine Schulden übernommen. Das ist doch ein deutliches Beispiel dafür, was Jesus für uns getan hat. Er bürgt für uns. Er lädt sich unsere Probleme auf, unsere Schuld. Auch wenn es ihn das Leben kostet. Aus Liebe."

„Ja, Roland. Das ist Karfreitag. Aber es folgt Ostern. Das sollen wir nicht vergessen."

Ihr Schwager nickte und für eine Weile hingen sie alle ihren Gedanken nach.

„Wenn Papa tot ist, aber zugleich auch lebendig ist …“, unterbrach Katharina schließlich das Schweigen, „ich kann mir das nicht vorstellen.“

„Ich auch nicht“, meinte ihre Mutter. „Ich weiß es nur, weil das so in der Bibel steht: Es gibt kein Leid und keine Krankheit mehr, auch keinen Krebs, keine Schmerzen und keine Tränen. Und keinen Tod.“

„Und keine Schuld“, ergänzte Roland.

„Und keine Unversöhnlichkeit“, fügte Karla hinzu.

„Du weißt ja, Katharina, dass ich Gärtner bin. Nicht mehr selbstständig, aber immer noch in dem Beruf tätig. Neulich, als ich im Gewächshaus gearbeitet habe, kam mir der Gedanke: Gott hat die Menschen auf die Erde gesetzt wie der Gärtner die Pflanzen ins Glashaus. Da können sie sich die erste Zeit ihres Wachstums ungestört entwickeln. Es ist warm, es gibt keinen Sturm, keinen Hagelschlag und keine Schnecken fressen die Blätter. Vielleicht würde manche Osterglocke gern für immer dort bleiben. Aber das ist nicht die Bestimmung für die Blumen. Das ist nicht das wirkliche Leben, nur die Vorbereitung darauf. Auch wenn wir unser Leben auf dieser Erde nicht mit einem Gewächshaus vergleichen können – so ist unser Leben in diesem Körper nur die Vorbereitung auf das, was kommt. Wofür Gott uns gemacht hat.“

Roland stand auf und ging zum Grab seines Bruders hinüber. Eine Minute sahen die beiden auf der Bank nur seinen Rücken. Dann drehte er sich um.

„Wäre es dir recht, Karla, wenn ich das Grab mit Blumen bepflanze? Ich würde dir natürlich erst zeigen, wie ich es mir denke, damit du sagen kannst, ob du es so oder anders haben willst.“

„Ja, gern!“, sagte Karla.

„Vielleicht Osterglocken“, schlug Katharina vor.

UM GOTTES WILLEN

„Hier steht was über uns", sagt Frau Kron mit ihrer zitt-rigen Stimme zu Frau Habe. „Über unser Altenheim. Hier im Lokalteil."

„Ach ja? Sind Sie so nett, es mir vorzulesen? Sie wissen ja, ohne Lupe ..."

„Aber gern."

Frau Kron legt die Zeitung ausgebreitet auf das Tisch-chen und beugt sich vor, sodass der Korbsessel knistert. „Neues Altenheim? Fragezeichen. Erneute Diskussion im Stadtrat."

„Sie müssen still sitzen, Frau Kron!", unterbricht Frau Habe. „Wenn Ihr Sessel so knistert, verstehe ich nichts."

„Das leidige Thema ‚Städtisches Altenheim' war ges-tern wieder ein wichtiger Tagesordnungspunkt in der Be-sprechung des Stadtrates. Ingo Wölfel von der Opposition brachte erneut die Forderung seiner Partei vor, endlich den Bau eines neuen Seniorenheimes in Angriff zu nehmen. Die Unterbringung der Senioren in dem alten gräflichen Schloss und seinen Nebengebäuden sei in der heutigen Zeit nie-mandem mehr zuzumuten. Bürgermeister Schreiber lehnte ein solches Projekt nicht grundsätzlich ab, verwies jedoch auf die leeren Kassen. Er sei aber dafür, weitere Moderni-sierungsmaßnahmen im Schloss zu planen. Da das Schloss und die ganze Anlage unter Denkmalschutz stehe, müsse man, sollte es ein neues Altenheim geben, die Gebäude anders nutzen, damit sie nicht leer stehen und verfallen. Eine andere Nutzung sei aber …"

Manuela kommt herein, die auszubildende Altenpflegerin. „Frau Kron, Frau Habe, riechen Sie das auch?"

„Was?"

„Gas. Hier drin riecht man es nicht so gut. Aber auf dem Flur …"

Frau Kron nickt. „Ja! Sie haben recht, Manuela! Jetzt merke ich es auch."

„Ich rufe im Haupthaus an."

Manuela eilt hinaus. Gleich am Eingang ist ein Telefon. Die vier früheren Gesindehäuser, kleine einstöckige Gebäude, die etwas entfernt vom Haupthaus stehen, sind wegen Platzmangels im Schloss auch mit Altenheimbewohnern belegt. Die Pflegerin hat die Sekretärin des Direktors am Telefon.

„Bitte sagen Sie Herrn Schubert schnell Bescheid. Hier tritt Gas aus. Im Haus vier."

„Herr Schubert ist in einer Sitzung."

„Es ist aber wichtig! Oder rufen Sie den Hausmeister!"

„Gas, sagen Sie? Ja, gut, ich kümmere mich darum."

Manuela legt auf. Der Gasgeruch wird stärker, ist ihr Eindruck. Herr Schein kommt mit seinem Rollator über den Flur. „Es riecht nach Gas", sagt er.

„Ja, ich habe schon angerufen. Am besten, Sie gehen nach draußen, Herr Schein."

„Aber es regnet."

Manuela sagt: „Ich hole Ihre Jacke, dann können Sie zum Haupthaus rübergehen."

Auf dem Flur trifft sie wieder Frau Kron. „Der Geruch wird stärker, wenn ich mich nicht irre. Sie müssen etwas unternehmen, Manuela!"

„Ich habe drüben angerufen. Vielleicht sollten Sie und

Frau Habe auch nach draußen gehen. Nehmen Sie einen Regenschirm mit, es nieselt."

Manuela läuft in das Zimmer von Herrn Schein, holt seine Jacke und einen Hut und kommt zurück. Frau Kron hat einen Regenschirm in der Hand und hält ihn über sich und Frau Habe, als sie vor das Haus tritt.

Kommt denn niemand? Manuela greift wieder zum Telefon. „Ich habe den Hausmeister noch nicht erreicht", sagt die Sekretärin.

„Dann rufen Sie die Pflegedienstleitung!"

„Die sind doch alle in der Besprechung mit dem Direktor. Da kann ich jetzt nicht stören. Machen Sie nicht so einen Aufstand! So ein bisschen Gasgeruch!"

Manuela knallt den Hörer auf die Gabel. Es riecht noch stärker, findet sie. Oder ist das nur Einbildung? Wenn nun etwas Schlimmes passiert!

Kurz entschlossen nimmt sie den Hörer wieder ab und wählt 112, die Feuerwehr. „Ich rufe aus dem Altenheim an, im alten Schloss. Hier riecht es stark nach Gas. In einem der Nebengebäude, Haus vier. Das ist das letzte links."

„Wir kommen. Alle Menschen sollen das Haus sofort verlassen."

Die auszubildende Altenpflegerin legt auf, rennt durch den Flur und reißt alle Zimmertüren auf. „Raus! Schnell! Es ist Gas im Haus!" Dann erinnert sie sich, dass man ihr beigebracht hat, sie müsse in solchen Situationen Panik vermeiden. Also ruft sie mit ruhigerer Stimme: „Sie müssen nicht hetzen. Ich helfe Ihnen. Aber beeilen Sie sich bitte! Wir müssen alle das Haus verlassen."

Die alten Leute erschrecken. Einige rappeln sich mühsam auf, ein noch rüstiger Herr hilft einem anderen, eine Frau will lieber sitzen bleiben. Manuela verschafft sich einen

Überblick – die meisten streben mehr oder weniger schnell dem Ausgang zu, aber zwei älteren Bewohnern muss sie noch helfen: einem Herrn, der nicht begriffen hat, worum es geht, und einer Dame, die zu kraftlos ist, ohne Unterstützung zu gehen.

Endlich scheinen alle draußen zu sein. Es müssen neun Bewohner sein. Manuela zählt – es stimmt. Sie schickt ein Stoßgebet zum Himmel.

Oberschwester Magda kommt angerannt. „Was soll denn das? Warum sind die alle hier draußen, Manuela?"

„Da ist Gas im Haus."

„Im Regen! Merken Sie nicht, dass es regnet? Sie können doch nicht …"

Direktor Schubert kommt, aber nicht rennend, sondern gemessenen Schrittes. „Was ist hier los? Wer hat all diesen Leuten gesagt, dass sie …"

Die Senioren geben selbst Antwort, und zwar alle durcheinander: „Gasgeruch!" – „Manuela hat gesagt …" – „Wir wollen schließlich nicht ersticken!" – „Oder explodieren!" – „Oder beides." – „Man konnte es ganz deutlich riechen!" – „Wir haben kaum noch Luft gekriegt!"

Die Pflegedienstleiterin ruft, um die vielen Stimmen zu übertönen: „Bitte kommen Sie alle so schnell wie möglich ins Haupthaus! Sie müssen ins Trockne, sonst erkälten Sie sich noch. Los, Manuela, helfen Sie! Führen Sie Frau … äh, Dings, äh, Frau Schneider!"

Einige Helfer kommen aus den anderen Häusern herbei. Der Direktor nähert sich schnüffelnd dem Haus vier.

Jetzt hört man das Signal der Feuerwehr. Da braust auch schon ein Wagen heran.

„Die Feuerwehr?" Der Direktor blickt erstaunt und ruft dann: „Manuela! Haben Sie die Feuerwehr gerufen?"

Die Auszubildende ist mit Frau Schneider schon zwanzig

oder dreißig Meter weit weg und muss entsprechend laut antworten: „Ja."

„Was fällt Ihnen ein! Selbstständig, ohne mir Bescheid zu sagen …!"

Der Rest geht unter, als der Feuerwehrwagen auf dem Kies bremst. Vier Männer – zwei haben schon Gasmasken auf – springen heraus und gehen ins Haus. Manuela kann nicht weiter zusehen, was geschieht. Sie muss sich um die Hilfsbedürftigen kümmern.

Im Haupthaus versammeln sich alle im Flur, Oberschwester Magda gibt Anweisungen, Manuela und andere trocknen den Alten die Köpfe, eine Schwester hält die neugierigen Bewohner des Haupthauses davon ab, die Treppe herunterzukommen und den barocken Flur noch mehr zu verstopfen.

„So ein Aufstand! Wer weiß, was das für gesundheitliche Folgen haben kann! Sie hätten wenigstens erst fragen können!", zischt die Leiterin Manuela an. „Wo kommen wir hin, wenn jeder Lehrling auf eigene Faust …"

Frau Kron, die zufällig in der Nähe steht, unterbricht sie: „Wie gut, dass Manuela so wachsam war! Nicht, Schwester Magda?"

Vor Haus vier tritt der Brandmeister aus der Haustür. Er lässt sie offen, auch alle Fenster sind inzwischen geöffnet. „Wer hat hier die Verantwortung?", fragt er laut.

„Ich", antwortet Direktor Schubert. „Mein Name ist Schubert. Ich bin hier der Direktor."

„Gut, Herr Schubert. Es ist ein Ventil kaputt im Keller. Und zwar sehr kaputt. Sie können froh sein, dass nicht mehr passiert ist. Ein Funke hätte genügt, und alles wäre in die Luft geflogen. Ein Funke im Keller, hier oben war es noch nicht ganz so weit."

„Ach du Schreck!"

„Wir haben jetzt nur den Haupthahn zugedreht. Heizen müssen Sie bei dem Wetter ja nicht. Aber Sie sollten so schnell wie möglich einen Fachmann holen, der das Ventil ersetzt und alles noch mal kontrolliert. Lassen Sie die Fenster noch eine oder zwei Stunden offen stehen, dann können Sie das Haus wieder betreten."

„Ich danke Ihnen!"

„Hier steht wieder etwas über uns!", sagt Frau Kron zu Frau Habe. „Soll ich es Ihnen vorlesen?"

„Ja, gern. Aber bitte sitzen Sie still!"

„Ein Foto ist hier mit drei Gestalten. Darunter steht: Aktiv bei der Rettung der ihnen anvertrauten Menschen. Von links: Direktor Schubert, Brandmeister Ebermann von der städtischen Feuerwehr und Pflegedienstleiterin Oberschwester Magda.

Und der Artikel ist überschrieben: Explosionsgefahr im alten Schloss. Rettung von neun Senioren in letzter Minute. Im Seniorenheim im ehemaligen gräflichen Schloss ist am Dienstag aus bisher ungeklärter Ursache in einem Nebengebäude Gas ausgetreten. Glücklicherweise konnte die Gefahr rechtzeitig erkannt werden. Direktor Schubert und seine Helfer brachten die Bewohner des Hauses schnell in Sicherheit, ohne auf die Gefahr für das eigene Leben zu achten. Die Feuerwehr – von der Hausleitung beim ersten Anzeichen von Gefahr herbeigerufen – hatte die undichte Stelle der Gasleitung schnell gefunden und die Gefahr beseitigt. Oberschwester Magda – im Bild rechts – bemühte sich mit ihren fleißigen Helferinnen, den Stress für die Bewohner des gefährdeten Hauses bei der Evakuierung so gering wie möglich zu halten.

Dieses Vorkommnis wird zweifellos die Diskussion über den Neubau eines modernen Altenheims, die Bevölkerung und Stadtrat schon lange beschäftigt, neu entfachen. Und so weiter und so weiter."

Frau Kron klappt die Zeitung zu. „Sie schreiben immer dasselbe, aber ändern tut sich nichts. Jedenfalls – wir zwei werden es nicht mehr erleben."

Manuela kommt. Frau Habe sagt: „Haben Sie die Zeitung gelesen, Manuela? Es steht …"

„Ach, nichts Besonderes!", unterbricht Frau Kron.

„Zeigen Sie ihr doch mal den Artikel!"

„Ich will vorher noch den Kulturteil lesen. Es ist ja auch nichts Wichtiges. Das wussten wir alles schon, was da über uns steht."

„Sie können doch den Kulturteil lesen und Manuela den Lokalteil geben."

Frau Kron stöhnt: „Müssen Sie sich denn überall einmischen?"

„Was ist denn? Soll Manuela denn den Lokalteil nicht lesen?"

Manuela setzt sich in den dritten Korbsessel. Frau Kron sagt: „Also meinetwegen. Hier, Manuela, lesen Sie! Ich wollte es Ihnen ersparen."

Die junge Frau ist etwas verwirrt, nimmt aber die Zeitung und liest.

„Verstehen Sie, weshalb ich Ihnen das ersparen wollte?"

Manuela nickt. „Ich glaube, ich weiß, was Sie meinen."

„Ich aber nicht!", meint Frau Habe. „Erklären Sie es mir!"

Frau Kron, die bisher ihre Stimme beherrscht hat, redet sich nun in Eifer. „Manuela hat die Gefahr zuerst erkannt. Sie hat uns alle gerettet. Sie hat die Feuerwehr gerufen, was sich als richtig herausgestellt hat. Dann ist sie für das alles noch beschimpft worden, von Schwester Magda und sogar vom Direktor. Dabei war sie die Einzige, die richtig gehandelt hat, schnell und umsichtig. Aber in der Zeitung steht von ihr kein Wort. Im Gegenteil, die sie zu Unrecht kritisiert haben, die schieben sich in den Vordergrund und lassen sich als Helden feiern. Das ist so was von ungerecht!"

„Ja, das stimmt", stellt Frau Habe fest.

„Seien Sie nicht traurig, Manuela!", sagt Frau Kron. „So ist die Welt eben."

Manuela zuckt mit der Schulter. „Ich gebe zu, dass ich gerade auch etwas geschluckt habe. Aber so wichtig ist es ja auch nicht. Hauptsache, ich weiß, dass ich richtig gehandelt habe."

„Aber damit muss man sich nicht abfinden." Frau Habe schüttelt den Kopf. „Ich schlage vor, wir schreiben einen Brief an die Zeitung und stellen das richtig. Manuela kann so etwas schlecht selber machen. Aber wenn wir als Zeugen ..."

„Nein, nein!", wehrt das junge Mädchen ab. „Das gibt nur Ärger. Und davon, dass ich in der Zeitung gerühmt werde, kann ich mir auch nichts kaufen. Es schadet mir ja nicht, wenn die anderen geehrt werden."

Frau Kron nickt. „Eine gute Einstellung, meine liebe Manuela! Sie lesen doch auch die Bibel, wenn ich unsere bisherigen Gespräche richtig deute, nicht wahr? Da will ich Sie an eine wichtige Wahrheit erinnern, die Jesus gesagt hat. Ich kann es nicht wörtlich zitieren, aber Sie können es bei Matthäus nachlesen. Wer etwas Gutes tut, soll sich dafür nicht rühmen lassen. Wer mit seinen guten Taten angibt, hat seinen Lohn schon gehabt. Der besteht nämlich im Ruhm unter Menschen. Und ich ergänze: Wer nicht um der Ehre willen Gutes tut, sondern um Gottes willen, für den steht die Belohnung noch aus. Und Gott kann reich belohnen!"

Nach einer Weile meldet sich Frau Habe zu Wort: „Das steht wirklich in der Bibel?"

„Ganz sicher, Sie können mir glauben. Ich kann Ihnen die Stelle …"

„Schon gut, wenn Sie es sagen, glaube ich es."

„Sie auch, Manuela?"

Das junge Mädchen nickt nur.

„Dann freuen Sie sich schon mal auf Gottes Lohn! Ich freue mich mit Ihnen. Aber bis dahin – darf ich Ihnen eine von meinen Pralinen anbieten?"

„Oh, danke!" Manuela greift zu.

„Schämen Sie sich nicht, Frau Kron?", empört sich Frau Habe. „Eine Praline! Wo das gute Mädchen uns gerettet hat! Wenn Sie nicht mehr haben als Dank, sollten Sie es lieber ganz lassen!"

Aber Manuela lacht. „Ich nehme es ja nicht als Lohn. Denn dann hätte ich ja meinen Lohn schon gehabt. Ich nehme es nur als … na ja, als kleines Zeichen der Sympathie."

„So war es auch gemeint", lächelt Frau Kron.

DIE ESELSBRÜCKE

Amanda Bock stand auf ihren Stock gestützt am Fenster und wartete auf den Briefträger. Im Hintergrund berichtete der Radiosprecher von den Krisen in aller Welt und übertönte damit ein wenig die jämmerliche Stimme der einst gefeierten Sängerin Erna Kornblum, die im Apartment neben Amanda wohnte. Immer wenn der Nachrichtensprecher eine Pause machte, drang der zittrige Sopran herüber, begleitet von einem verstimmten Klavier, das noch älter war als seine Besitzerin.

Amanda war geübt darin, diese Geräusche aus ihrem Bewusstsein auszublenden. Nachdem alle Versuche fehlgeschlagen waren, die alte Kornblum zur Aufgabe ihrer Gesangsübungen zu überreden, hatte sie die Taktik des Weghörens entwickelt und war damit auch einigermaßen erfolgreich.

Da kam der Briefträger. Er hielt kurz vor dem Gartentor, blätterte in seiner Tasche und zog etwas heraus. Dann steckte er es – Amanda sah es ganz deutlich – in Erna Kornblums Briefkasten!

Wieder nichts, dachte Amanda. Keiner denkt an mich! Alle Welt hat mich vergessen. Stattdessen kriegt die Alte Post. Das Wort „Alte" gebrauchte Amanda ganz bewusst, obwohl ihr klar war, dass sie beide im selben Jahr das Licht der Welt erblickt hatten. Ich kriege keine Post, aber *sie!*, grummelte Amanda. Hoffentlich ist es nur Werbung. Oder noch besser: Rechnungen. Möglichst hohe! Na ja, eine Einladung an die Scala oder die Met wird es nicht sein.

Frau Bock stakste zu ihrem Sessel zurück, drehte das Radio aus und nahm ihr Buch zur Hand. Lesen konnte sie noch ganz gut. Sie nahm an, dass ihre Nachbarin nun auch bald mit ihrem Gesang, wenn man das Geräusch denn so nennen wollte, aufhören würde, um sich dem Lesen ihrer Post zu widmen.

Und tatsächlich: Nach einigen Minuten verstummte Erna Kornblum samt ihrem Klavier, man hörte die Haustür, das Klappern des Briefkastens, noch einmal eine Tür, und dann kehrte Ruhe ein. Amanda schlug ihr Buch beim Lesezeichen auf und vertiefte sich in seinen Inhalt – sie las zum vierten Mal „Vom Winde verweht".

In der nächsten Stunde war nichts Dramatisches im realen Leben zu erwarten, bis der junge Mann das Essen auf Rädern brachte – vorausgesetzt, die Kornblum fing nicht wieder mit ihrer Verdi-Arie an.

Sie freute sich auf den jungen Mann vom freiwilligen … Moment, wie hieß das noch mal? Vom freiwilligen sozialen Jahr. Nicht unbedingt, weil der das Essen brachte. Sie war selten hungrig und der Wohlgeschmack der Speisen ließ auch nicht gerade den Gedanken an fünf Sterne aufkommen. Nein, sie freute sich, weil der Besuch von Felix, so hieß er, eine Abwechslung war in ihrer grauen Einsamkeit. Und zwar eine sehr angenehme Abwechslung. Felix hatte zwar nie viel Zeit für ein Gespräch, weil er noch viele andere beliefern musste – unter anderem die Kornblum nebenan –, aber die wenigen Minuten, die er da war, kamen ihr immer wie ein Sonnenstrahl an einem kühlen Regentag vor. Denn Felix war stets fröhlich und von ansteckender Ungezwungenheit.

Punkt fünf Minuten vor zwölf hörte sie den Wagen vorfahren. Sie stemmte sich hoch. Natürlich hätte sie auch sitzen bleiben können, Felix hatte einen Schlüssel. Aber da sie sich immer auf sein Kommen freute, schien es ihr angemessen, den jungen Freund stehend zu empfangen und ihm die Wohnungstür zu öffnen.

„Guten Tag, Frau Bock! Da bin ich wieder mit den edelsten Speisen. Ich muss allerdings gestehen, die Trüffel hat der Koch vergessen, und den Bordeaux habe ich schon unterwegs ausgetrunken."

Amanda Bock lachte.

„Guten Tag, Felix! Wenn der Bordeaux, den Sie mir weggetrunken haben, der Grund für Ihre Fröhlichkeit ist, dann sei er Ihnen gegönnt."

„Danke für Ihre Verzeihung, Madam! Darf ich die Töpfe hier abstellen, wie immer?"

„Wie immer! Und verraten Sie mir ein Geheimnis, Felix: Haben Sie vielleicht auch den Wein meiner Nachbarin ausgetrunken?"

Felix grinste sie an, dann hob er mahnend den Zeigefinger. „Sie werden doch hoffentlich Ihrer Nachbarin nichts Böses wünschen?"

„Wo sie mir täglich so viel Gutes gönnt mit ihrer Musik!", witzelte Amanda.

Felix nahm die Töpfe vom gestrigen Essen an sich. „Sie kriegt was anderes. Vegetarisch. Ich muss immer achtgeben, dass ich Sie beide nicht verwechsle. Am Anfang wäre das mal fast passiert. Aber jetzt habe ich eine Eselsbrücke."

„Ach – eine Eselsbrücke? Welche denn?"

„Äh – das kann ich nicht sagen."

„Warum nicht?"

„Na ja, das ist … irgendwie … wenn ich Ihnen sage, warum ich es nicht sagen kann, dann kann ich es auch gleich sagen."

„Dann tun Sie das doch!"

Felix schüttelte den Kopf, während er die leeren Töpfe in dem Korb verstaute, in dem noch die vollen für Frau Kornblum standen.

„Haben Sie Angst, ich würde mich ärgern?"

Der junge Mann kam aus der gebückten Haltung hoch und sah sie etwas verlegen an. „Könnte schon sein."

„Ich verspreche, dass ich nicht beleidigt bin, noch nicht einmal verstimmt."

Felix lachte. „Nicht so verstimmt wie Frau Kornblums Klavier?"

„So verstimmt auf keinen Fall! Kann ein Mensch gar nicht sein."

„Gut, dann sage ich Ihnen meine Eselsbrücke. Ich muss immer an das Gleichnis denken, das Jesus erzählt hat. Steht in der Bibel. Das hatte ich kurz vor meinem ersten Besuch gelesen. Beim Jüngsten Gericht wird es zugehen wie bei einem Hirten, der seine Herde sortiert – die Böcke zur Linken und die weiblichen Schafe zur Rechten. Na ja, und weil Sie Bock heißen, wohnen Sie links."

„Ha! Wirklich originell! Und Frau Kornblum gehört zu den dämlichen Schafen. Aber das Gleichnis kenne ich gar nicht."

„Nicht? Lesen Sie mal nach! Sie haben doch eine Bibel, oder?"

„Ja, sicher."

„Matthäus fünfundzwanzig, wenn ich mich richtig erinnere. So, aber jetzt muss ich weiter!"

„Schon klar. Damit das Schaf auf der anderen Seite nicht verhungert."

„Bis morgen!" Fort war er.

Amanda Bock setzte sich an den Tisch, füllte das Essen auf Teller – sie hätte es nie übers Herz gebracht, direkt aus den Töpfen zu essen – und ließ es sich schmecken, soweit das möglich war. Ihre Gedanken schweiften ab. Böcke und Schafe – das kam ihr ein wenig bekannt vor. Vielleicht noch vom Konfirmandenunterricht? Nein, das konnte kaum sein, der war schon zu lange her.

Als sie fertig gegessen hatte, räumte sie den Tisch frei, holte die alte Bibel aus dem Regal und begann zu suchen. Matthäus – damit begann das Neue Testament, das wusste sie. Und Kapitel fünfundzwanzig war leicht zu finden. Da war es! Vers zweiunddreißig. „Alle Völker werden vor ihm versammelt werden. Und er wird sie voneinander scheiden, wie ein Hirt die Schafe von den Böcken scheidet."

Tatsächlich. Und was macht Schafe und Böcke aus, wenn man das Gleichnis deutet? Was ist der Grund, weshalb die eine Gruppe Menschen in den Himmel kommt und die andere wohl nicht? Denn darum geht es doch, oder? Was sagt Jesus dazu?

„Ich bin hungrig gewesen, und ihr habt mir zu essen gegeben. Ich bin durstig gewesen, und ihr habt mir zu trinken gegeben. Ich bin ein Fremder gewesen, und ihr habt mich aufgenommen. Ich bin nackt gewesen, krank, im Gefängnis …" Amanda dachte: Es steht zwar nichts von den Einsamen da und von den vor Alter Schwachen, das ist mein Problem. Aber irgendwie sind die sicher auch gemeint.

„Wo haben wir dir geholfen?", fragen die auf der rechten Seite, und sie bekommen die Antwort Gottes: „Was ihr getan habt einem meiner geringsten Brüder, das habt ihr mir getan." Und dann sind die Böcke auf den linken Seite dran. Die haben Gott nicht geholfen, weil sie Not leidenden Menschen nicht geholfen haben.

Amanda muss nachdenken.

Ich gehöre auf die linke Seite, denkt sie beschämt. Natürlich nicht weil ich Bock heiße und links wohne, sondern weil das hier genau mich beschreibt. Mir liegen nicht die Menschen am Herzen, die Hilfe brauchen. Dabei bin ich selbst oft einsam und klage, dass niemand mich besucht. Sollte ich darum nicht umso eher verstehen, dass auch andere einsam sind und sich über meinen Besuch freuen würden? Ich bin zwar selten wirklich hungrig. Aber ich wäre es, würde ich nicht regelmäßig mit Essen versorgt. Ich kann nicht anderen zu essen bringen oder zu trinken. Ich kenne auch niemanden, der nackt ist oder im Gefängnis sitzt. Aber ich kenne Menschen mit anderen Formen von Leid. Zum Beispiel Einsamkeit, Traurigkeit, Wehmut. Zum Beispiel meine Nachbarin.

Dieser letzte Gedankenschritt fiel Amanda schwer. So wie es immer schwer ist, wenn gute Vorsätze konkret werden sollen. Aber sie konnte den Gedanken nicht von sich weisen, er drängte sich ihr geradezu auf.

Sie klappte die Bibel zu und stellte sie zurück ins Regal. Dann begann sie umständlich das Geschirr abzuspülen. Gewöhnlich brauchte sie höchstens zehn Minuten dafür, heute dauerte es zwanzig. Ihre Bewegungen wurden immer langsamer, ohne dass ihr das bewusst war. Ihr Unbewusstes wollte den Augenblick möglichst lange hinausschieben, wo es keinen Grund mehr gab, dem auszuweichen, was sie als richtig erkannt hatte.

Gegen halb drei war es so weit. Amanda wusste, dass Frau Kornblum keinen Mittagsschlaf hielt.

Noch ein letztes Zögern vor dem Drücken des Klingelknopfes – dann war der innere Widerstand gebrochen.

„Frau Bock! Sie?"

„Ja, ich. Guten Tag, Frau Kornblum."

„Aber ich singe doch gar nicht! Ich halte immer treu die mittäglichen Ruhezeiten ein!"

„Ich komme ja auch nicht, um mich zu beschweren."

„Nicht? Was wollen Sie denn dann?"

„Sie besuchen."

„Besuchen? Einfach so? Das haben Sie noch nie gemacht."

„Eben", lächelte Amanda, „darum wird es höchste Zeit, damit anzufangen."

„Ach – ja, wenn Sie meinen … Also, ich wollte sagen: Wenn das so ist, dann kommen Sie rein! Wir gehen ins Musikzimmer."

Sie gingen ins Musikzimmer, das bei anderen Leuten wahrscheinlich Wohnzimmer heißen würde, auch wenn da ein Klavier steht.

„Trinken Sie einen Tee, Frau Bock?"

„Ja, gern, danke!"

Erna Kornblum machte sich in der kleinen Kochnische zu schaffen, während ihr Besuch sich auf dem uralten Sofa niederließ.

„Ich muss Ihnen etwas Schönes erzählen, Frau Bock! Aber erst sind Sie dran!", hörte Amanda die alte Sängerin aus ihrer Ecke rufen, um das Wasserrauschen zu übertönen, als sie den Teekessel füllte. „Sie haben doch sicher einen Anlass, zu mir zu kommen, nachdem wir uns seit neun Jahren nur auf dem Flur … Na ja, und manchmal haben Sie sich über meinen Gesang beschwert."

„Ich entschuldige mich, dass ich manchmal unleidlich war."

„Und ich entschuldige mich, dass ich manchmal extra laut gesungen habe. Aus Trotz." Erna kam und setzte sich Amanda gegenüber.

Die sagte: „Wissen Sie, ich bin da auf eine Bibelstelle gestoßen. Genau genommen hat Felix mich darauf gestoßen. Da steht: Wenn wir einander besuchen, helfen, uns kümmern um Menschen in Not, dann ist das, als hätten wir das nicht für die Menschen, sondern für Gott getan. Und wir werden an seinem Reich teilhaben. Wenn aber die anderen uns gleichgültig sind – na ja, dann eben das Gegenteil."

„Ach – das steht in der Bibel?"

„Ja, im Matthäusevangelium. Als ich das las, dachte ich, wir beide sind lange genug gleichgültig aneinander vorbeigegangen."

Erna nickte. „Ja, da haben Sie recht ... oh!" Sie stand mühsam auf, weil der Wasserkessel pfiff. Als sie den Tee aufgegossen hatte und zurückkam, strahlte sie. „Und nun will ich Ihnen erzählen, was ich heute ... Wissen Sie, dass Sie mich heute in so guter Absicht besuchen, das ist schon die zweite Freude, die ich heute erlebe. Die erste ... Normalerweise rede ich ja über so etwas nicht gerne, aber weil heute ein besonderer Tag ist und ich mich so freue ... Ich habe Geld bekommen! Die Nachzahlung einer Gage, über die es früher einmal Streit gegeben hat. Aber jetzt hat mein damaliger Agent es doch noch für mich erreicht. Heute Morgen kam die Nachricht mit der Post. Sechshundertzweiunddreißig Euro."

„Ich gratuliere!"

„Ist das nicht wunderbar?" Sie setzte sich ans Klavier, schlug an und sang eine Opernarie. So musste sie wohl ihre Freude ausdrücken. Das Musikstück klang fröhlich, auch wenn die lustigen Sprünge der Melodie Ernas alter Stimme etwas Mühe machten. Wahrscheinlich sagte der Text auch etwas Erfreuliches, vermutete Amanda, aber sie konnte ihn nicht verstehen, da er italienisch war.

„Oh ..." Erna brach ihren Gesang ab. „Entschuldigung! Ich vergaß, dass ich mit meinem Singen bei Ihnen wohl keine Freude auslöse. Ich musste einfach ... Verstehen Sie, Frau Bock, Musik ist mein Leben. *Gewesen*, muss ich wohl besser sagen. Wenn man so viele Jahre lang fast täglich auf der Bühne stand und den Menschen ins Herz gesungen hat und dann mit Applaus belohnt wurde … Es fehlt einem sehr viel, wenn das nicht mehr möglich ist."

„Das verstehe ich."

„Man ist dann auf einmal so leer."

„Ja, das verstehe ich", sagte Amanda noch einmal.

„Waren Sie auch künstlerisch tätig?"

„Nein, ich habe als Büroangestellte in einem pharmazeutischen Betrieb gearbeitet. Aber es bedeutete mir auch viel, besonders als mein Mann mit nur einundfünfzig Jahren starb."

„Oh – das tut mir leid. Ich war nicht verheiratet. Die Musik war sozusagen mein Partner. Mein Lebensinhalt. Und – Sie kennen sicher den Spruch, dass der Applaus das tägliche Brot für den Künstler ist. Darum freue ich mich auch über die Nachzahlung. Nicht nur, weil ich das Geld gut gebrauchen kann, sondern auch, weil es in meiner künstlerischen Dürrezeit im Alter noch einmal eine Bestätigung ist. Verstehen Sie?"

„Durchaus. Ich kenne ja auch das Gefühl der Leere, wenn auch auf andere Weise."

Erna nickte. „Als wenn man in ein Loch fällt. Was kann man da tun? Womit kann man die Leere füllen?"

„Ist das eine echte Frage? Ich weiß nicht … vielleicht mit Kontakt zu anderen Menschen? Zum Beispiel durch Krankenbesuche oder praktische Hilfe für Arme, wie es diese Bibelstelle sagt? Oder sogar durch den Kontakt mit Gott?"

„Oh – der Tee! Er hat sicher lange genug gezogen." Erna Kornblum erhob sich vom Klavierstuhl und eilte zu ihrem Küchenschrank. Als sie mit Teetassen und Zuckerdose auf einem Tablett wieder ins Musikzimmer kam, meinte sie: „Aber heute habe ich zwei Freuden bekommen und da will ich nicht grübeln und in Schwermut versinken. Sie besuchen mich und ich habe über sechshundert ... Was mache ich nur mit so viel Geld?"

„Es geht mich sicher nichts an, Frau Kornblum, aber wenn das auch eine echte Frage war und nicht nur eine rhetorische – ich hätte da einen Vorschlag."

„Ach ja? Welchen?"

„Es würde aber sicher so an die hundert Euro kosten – genau weiß ich es nicht."

„Heraus mit der Sprache!"

„Wie wäre es, wenn Sie mal Ihr Klavier stimmen lassen?"

„Frau Bock! Das ist eine wunderbare Idee!"

ANDERE WELTEN

„Guten Morgen. Würden Sie mir bitte sagen, wo Frau Bernhard liegt? Frau Ruth Bernhard."

Die Dame schaute auf ihren Bildschirm und tippte auf der Tastatur.

„Sind Sie verwandt?", fragte sie nach einigen Augenblicken.

„Ich bin der Sohn, Dr. Claudio Bernhard."

Die Dame sah ihn jetzt an. „Es tut mir leid, Herr Dr. Bernhard, Sie müssen sich etwas gedulden. Ihre Mutter musste noch einmal nachoperiert werden, in der Nacht. Sie können sie jetzt noch nicht besuchen. Können Sie am Nachmittag noch einmal vorbeikommen?"

„Ist es etwas Ernstes?"

„Da müssen Sie den Oberarzt fragen. Der wird jetzt noch schlafen, weil er in der Nacht operiert hat. Sind Sie Mediziner?"

„Nein, Astrophysiker. Ich konnte nur heute am Sonntag kommen und bin extra um vier Uhr losgefahren."

„Es tut mir leid, Herr Dr. Bernhard." Damit war das Gespräch beendet, was die Dame dadurch unterstrich, dass sie ihn zunächst schweigend ansah und sich dann wieder ihrem Computer zuwandte.

Claudio Bernhard nickte wortlos und wandte sich zum Ausgang. Draußen schlug er den Mantelkragen hoch, weil ein unangenehm kühler Wind wehte. Was sollte er tun, um die Zeit zu nutzen? Ob irgendwo schon ein Café geöffnet war? Oder sollte er sich noch mal ins Auto setzen? Er hatte einige Unterlagen mit, an denen er arbeiten konnte, und seinen Laptop. Aber eigentlich fühlte er sich zu müde dafür. Gestern war er bis kurz vor elf im Labor gewesen und heute Morgen bereits vor vier Uhr aufgestanden. Er würde sich jetzt kaum auf komplizierte Probleme konzentrieren können.

Melodisches Glockenläuten klang von der Stadt herüber. Als nun auch noch leichter Nieselregen einsetzte, fasste er den Entschluss, in die Kirche zu gehen. Er war beileibe kein religiöser Mensch. Er wollte ja auch nicht an einem Gottesdienst teilnehmen, um eine Predigt zu hören oder sich an einer Liturgie zu beteiligen. Er suchte nur ein Dach über dem Kopf und Schutz vor dem böigen Wind.

Bernhard folgte dem Geläut und stand nach wenigen Minuten vor der Kirche, einem neogotischen Bau, der dringend eine Renovierung brauchte. Eine alte Frau mühte sich vergeblich, die schwere Tür aus reich beschnitzten Eichenbohlen zu öffnen. Sie musste gegen eine starke Schließautomatik ankämpfen, die verhindern sollte, dass der letzte Rest der teuren Wärme durch eine offen gelassene Tür aus dem Kirchenraum entweichen konnte. Bernhard war mit einigen schnellen Schritten da und half.

„Danke!", sagte die Frau. „Und einen gesegneten Gottesdienst!"

Claudio Bernhard schmunzelte, als er nach ihr die Kirche betrat.

Links führte eine Treppe zur Empore hinauf. Er stieg nach oben und stellte dort fest, dass es noch einmal höher ging. Zwei Emporen übereinander zogen sich an den Seiten des Kirchenschiffes entlang.

Ganz oben angekommen, beugte er sich über die Brüstung und schaute tief hinunter. Hier oben war niemand außer ihm, auch auf der Empore unter ihm konnte er niemanden entdecken. Nur unten im Kirchenschiff saßen ein paar Leute. Zwei Konfirmanden anscheinend, die man verpflichtet hatte, vorn zu sitzen, dann ein älteres Ehepaar und noch fünf Frauen. Nein, sechs – gerade kam noch eine. Keine von ihnen jünger als sechzig, wie es schien.

Dr. Bernhard lehnte sich zurück, klopfte den Staub von den Ärmeln seiner Jacke, den er von der Brüstung mitgebracht hatte, und sah sich um. Die hölzernen Bänke waren uralt, sehr dunkel und voller Gekritzel von gelangweilten Kirchenbesuchern aus zwei Jahrhunderten. Außerdem waren sie sehr unbequem. Wahrscheinlich war das Absicht – man wollte verhindern, dass jemand bei zu bequemem Sitzen einschlief.

Von den Wänden bröckelte Putz und ließ an einigen Stellen Reste früherer Wandmalereien erkennen. Die Fenster wirkten düster, erstens wegen des Wetters draußen und zweitens wegen der Schmutzschicht darauf, sodass man von dem Farbenspiel, das früher die Menschen beeindruckt haben mochte, höchstens etwas ahnen konnte.

Die Glocken verstummten und der Orgelspieler, den Claudio von hier aus nicht sehen konnte, setzte mit einem kräftigen Dur-Akkord ein. Wäre Claudio schon eingeschlafen gewesen, hätte ihn dieser Einsatz garantiert aus seinen Träumen gerissen. Aber so weit war er noch nicht, trotz seiner Müdigkeit. Und in den folgenden Minuten hinderte ihn ein Misston am Einschlafen, der penetrant das sonst recht ordentliche Orgelspiel begleitete. Anscheinend klemmte an der Orgel eine Taste oder ein Pfeifenverschluss, wofür man dem Organisten ja keinen Vorwurf machen konnte. Im Gegenteil – bei einer passenden Stelle wechselte dieser geschickt das Register und der nervtötende Misston verstummte.

Hatte dieses Erlebnis den ungeübten Kirchenbesucher noch wach gehalten – die folgende Liturgie schläferte ihn ein. Nein, sagen wir es weniger boshaft: Seine Müdigkeit siegte und die Liturgie konnte nicht verhindern, dass er einschlief.

Wie viel Zeit vergangen war, als er wieder wach wurde, wusste er nicht. Das Genick tat ihm weh, weil sein Kopf im Schlaf zur Seite gefallen war. Wo war er? Ach ja, in einer Kirche. Gerade endete ein kurzes Orgelspiel.

Der Pfarrer, der ganz langsam in ein Mikrofon sprach, damit seine Worte von dem langen Hall nicht verschluckt wurden, forderte zum Gebet auf. Ein Geräusch ließ Claudio Bernhard ahnen, dass dort unten etwas geschah. Er beugte sich vor und stellte fest, dass die Kirchenbesucher aufgestanden waren. Er tat es ihnen gleich – aus einem unbewussten Gefühl für Solidarität und Anstand heraus, denn sehen konnte ihn hier oben niemand.

Während er sich noch darüber Rechenschaft zu geben suchte, weshalb er stand, nahm er kaum wahr, dass das Vaterunser gesprochen wurde. Das heißt, der Pfarrer sprach es, denn ihn konnte man wegen des Mikrofons hören. Dass die Gemeinde mitsprach, vermutete Claudio nur.

Erst beim Schluss war er bei der Sache. „Denn dein ist das Reich und die Kraft und die Herrlichkeit, in Ewigkeit. Amen."

Das ist absurd, schoss es Dr. Claudio Bernhard durch den Kopf. Das Reich! Die Kraft! Die Herrlichkeit! Was für bombastische Worte aus dem Mund dieses ärmlichen Häufleins von Gläubigen! Alte Frauen, die sich ein Reich, eine Kraft, eine Herrlichkeit nur einbildeten!

Zu sehen war davon ja nun wirklich nichts. Ein Gott,

der nicht mehr Anhänger hatte als diesen verlorenen Haufen, der sein Haus verkommen ließ, konnte doch nicht mit Macht und Herrlichkeit identifiziert werden! Lächerlich! Was für eine Diskrepanz zwischen den gewaltigen Worten und der erbärmlichen Realität!

„In Ewigkeit." Waren das die 13,7 Milliarden Jahre, die das Universum seit dem Urknall existierte? Oder vielleicht die kommende Phase der Entwicklung, wenn die Ausdehnung des Alls immer weiter fortschritt, es sich immer mehr verdünnte, bis die Zeit stehen blieb? Na dann, amen!

Mit all dem hatte ein Gott nichts zu tun! Davon war Dr. Bernhard zutiefst überzeugt. Und er konnte es sicher besser beurteilen als die Leute da unten, die wahrscheinlich noch nie etwas vom Äquivalenzprinzip oder von Gravitationslinien gehört hatten und Quantenschaum wahrscheinlich für einen Badezusatz hielten.

Reich – Kraft – Herrlichkeit – Ewigkeit! Dr. Claudio Bernhard, der Astrophysiker, schüttelte den Kopf und setzte sich. Die Orgel spielte – so laut, dass er gar nicht hören konnte, ob die dünnen und zittrigen Stimmen da unten mitsangen oder nicht. Es ist fast wie in der realen Welt, dachte er: Was ein paar fromme Leute meinen, geht im Klang dieser Welt, im Konzert der physikalischen Gesetze, völlig unter. Es ist bedeutungslos. Nichtig. Und all diese großartigen Worte sind anmaßend.

Der Gottesdienst war zu Ende. Da Claudio die zwei steilen, knarrenden Treppen hinuntersteigen musste, war der Pfarrer an der Kirchentür gerade mit der Verabschiedung des letzten Besuchers fertig, als er unten ankam. Er verzögerte seinen Schritt etwas, um einem Händedruck und eventuell sogar einem Gespräch mit dem Seelenhirten zu entgehen.

Als die Luft rein war, verließ er die Kirche und trat auf

die Straße hinaus. Es regnete nicht mehr, aber der Asphalt war noch nass und der böige Wind hatte eher noch zugenommen. Er schlendert Richtung Stadtmitte, bis er ein Schild sah, das in ein Restaurant einlud. Er trat ein, wurde freundlich begrüßt, aber um etwas Geduld gebeten, da es noch etwas zu früh für die Küche war.

„Kein Problem", sagte Bernhard, „ich warte."

Gut zwei Stunden später kam er, am Leibe gestärkt, aber in den Gedanken immer noch etwas verwirrt, zum Krankenhaus zurück und stand bald vor dem verantwortlichen Arzt.

„Sind Sie Mediziner, Herr Dr. Bernhard?"

„Nein, Astrophysiker."

„Nun, so viel kann ich Ihnen sagen, dass Ihre Mutter in der Nacht eine Krise durchgemacht hat. Wir sind jetzt etwas beruhigt, aber über den Berg ist sie noch nicht. Sie können mit ihr sprechen, aber lassen Sie sich von der Schwester Schutzkleidung geben und desinfizieren Sie sich die Hände. Und bitte – nicht zu lange! Einige Minuten nur! Überanstrengen Sie Ihre Mutter nicht!"

Claudio tat, was ihm gesagt worden war, und ging in das Zimmer hinein. Kaum erkannte er seine Mutter, wie sie da bleich im Bett lag, mit einem Schlauch, der in ihrer Nase endete, und einem anderen an ihrem Hals.

„Mutter!"

Sie öffnete die Augen, die sofort einen freudigen Glanz bekamen, als sie sah, wer da stand.

„Claudio!"

Er bückte sich und drückte ihr vorsichtig einen Kuss auf die blutleere Wange.

„Der Arzt sagte, es hätte in der Nacht Probleme gegeben, Mutter."

„Ja, das war wohl so", hauchte sie schwach. „Aber ich

kann dir nicht genau sagen, was passiert ist. Ich muss es mir später von den Ärzten erklären lassen."

„Und wie fühlst du dich jetzt?"

„Ich freue mich, dass du mich besuchst, mein Junge!"

„Das meine ich nicht. Ich wollte wissen, wie du dich gesundheitlich fühlst."

„Wahrscheinlich würde ich mich besser fühlen ohne all diese Schläuche."

„Du weichst aus, Mutter."

„Tue ich das? Wie es meiner Seele geht, ist doch wichtiger, als wie es meinem Körper geht. Und ich kann es auch leichter beschreiben: Es geht mir gut."

„Wirklich? Oder sagst du das nur, damit ich mich nicht beunruhige?"

Einige Augenblicke schwieg sie. Dann sprach sie so leise, dass ihr Sohn sich dicht über sie beugen musste, um sie zu verstehen.

„Ich wachte aus der Narkose auf und wusste zunächst nicht, wo ich war. Erst allmählich konnte ich mich orientieren. Es war wieder irgendetwas Schlimmes passiert. Angst wollte mich überfallen. Nein, sie hatte mich überfallen. Da hörte ich eine einzelne Glocke läuten. Ach, dachte ich, da ist irgendwo ein Gottesdienst, und das Vaterunser am Schluss wird von Geläut begleitet. In vielen Kirchen ist das üblich, damit Gemeindeglieder, die nicht zum Gottesdienst kommen können, zu Hause mitbeten. Also betete ich auch mit. ‚Vater unser im Himmel ...' Ich wusste nicht, ob ich genauso lange brauchte wie das Gebet in der Kirche. Aber es stimmte genau. Als ich betete: ‚Dein ist das Reich und die Kraft und die Herrlichkeit in Ewigkeit. Amen.' – da war auch das Geläut beendet. Aber diese Worte klangen in mir nach und trösteten mich. Alles ist Gott untertan. Auch ich. Der, dem das Himmelreich gehört, der alle Kraft und Macht und Herrlichkeit in Ewigkeit besitzt, der wird es auch mit mir so machen, wie es gut ist. Da bin ich ganz sicher. So, mein Junge, nun weißt du, wie es mir geht. "

Die letzten Worte hatte Claudio kaum verstanden, weil sie so leise waren. Oder weil er so verwirrt war? Diese Worte, die er als bombastisch, anmaßend, lächerlich empfunden hatte, die hatten seiner Mutter Trost und Kraft gegeben! Oder war es nur eine eingebildete Kraft? Etwas, an das sich ihre Psyche klammerte, obwohl da gar nichts war – wie ein Ertrinkender nach dem Strohhalm greift? Aber nein! Wenn er in ihre Augen sah, die ihn jetzt ruhig anblickten, dann entdeckte er darin eine getroste Sicherheit, die unmöglich nur eingebildet sein konnte!

Der Arzt trat ein. „Bitte, Herr Dr. Bernhard – es ist genug. "

„Ich freue mich, dass du so gelassen sein kannst. "

Als er ins Auto gestiegen war, blieb er eine Weile sitzen, ohne loszufahren.

Was war das mit diesem Reich Gottes? Gab es da vielleicht wirklich etwas, das man nicht mit dem Radioteleskop und nicht mit dem Teilchenbeschleuniger feststellen konnte? Wie konnte es sein, dass er und seine Mutter dieselben Worte aus dem alten Gebet so unterschiedlich verstanden? Er wusste doch, dass seine Mutter nicht dumm war – hatte sie einfach eine andere Sichtweise als er? Und welche Sichtweise war die richtige, die umfassendere? War das Universum, dessen Physik er erforschte, vielleicht doch das Reich eines Gottes, einer Macht, vielleicht aus anderen Dimensionen, von denen die Wissenschaft nichts ahnte? Gab es etwas, das nicht mit Augen und Verstand erkannt wurde, sondern mit … nun ja, Mutter würde wohl sagen: mit dem Herzen? Gab es etwas, das sich nur in bestimmten

Situationen offenbarte oder unter bestimmten Voraussetzungen? Gab es eine Ewigkeit, die nicht nur eine Verlängerung des physikalischen Zeitbegriffs war?

Fragen über Fragen.

Wenn Mutter wieder gesund ist, werde ich mit ihr darüber sprechen, dachte Claudio Bernhard. Dann startete er den Motor.

BERGTOUR

„Na, Lena, hast du Angst vor uns?", fragt die etwa dreißig-jährige Frau mit dem blonden Pferdeschwanz und setzt sich neben Lena auf einen Stein.

„Angst? Nein, wieso?"

„Weil du dich etwas abseits gesetzt hast."

„Ach so, na ja, Sie sind eine geschlossene Gruppe, und da …"

„Ihr!"

„Wie?"

„Du hast gesagt: Sie sind eine Gruppe. Aber wir duzen uns alle auf der Bergtour."

„Ach so, ja, stimmt. Und du bist Christa."

„Richtig", nickt die junge Frau. „Und du bist Lena. Aber viel mehr weiß ich nicht von dir. Erzähl mir was über dich!"

Lena beißt wieder in ihr Wurstbrot und sagt mit vollem Mund: „Was soll ich da erzählen? Da gibt es nichts Be-sonderes. Ich wusste noch nicht, was ich studieren sollte. Da habe ich nach dem Abitur in der Autovermietung mei-nes Vaters mitgeholfen. Der war dafür auch dankbar, weil jemand ausgefallen war. Aber jetzt ist es entschieden: Ich werde Lehrerin, mit dem Schwerpunkt Sport."

Christa nickt und beißt in ihren Apfel. „Dass du sportlich bist, sieht man. Wie du heute den Berg hochgeklettert bist – alle Achtung. Du hast mich an eine Gämse erinnert."

Lena lacht. „Ich habe schon ein paarmal Bergtouren mit-gemacht."

Eine Weile kauen sie schweigend und schauen dabei ins Tal hinunter. Es wird langsam dunkel. Tief unten kann man die Häuser nur noch schwach erkennen. Das Gemur-mel der anderen Kletterer, die direkt vor der Hütte sitzen, dringt leise herüber.

„Übrigens", beginnt Christa das Gespräch erneut, „sind wir eigentlich auch keine geschlossene Gruppe. Wir kennen uns nur von christlichen Freizeiten, die wir besucht haben. Und da entstand der Gedanke, mal gemeinsam eine Berg-tour zu machen. Ich hoffe, dass du dich neben uns sechs Leuten nicht ausgeschlossen fühlst."

Lena schüttelt nur den Kopf und nimmt einen letzten Schluck aus ihrer Flasche. Dann massiert sie sich die Ober-schenkel. „Sie sind – äh, du bist aber auch ganz schön flott bergauf gestürmt. Hast du Bergerfahrung?"

„Nein. Meine Fitness kommt nur vom Joggen. Mein Mann war schon mal beim Klettern. Aber ich glaube, er ist erschöpfter als ich." Ein leiser Triumph klingt in ihrer Stimme.

„Das ist der große, nicht?"

„Ja, Thomas heißt er."

Der Bergführer ruft herüber: „Habt ihr euch alle satt ge-gessen? Dann ab in die Hütte! Morgen wecke ich euch um halb vier."

„Grausam!", sagt Lena zu Christa.

„Stimmt. Aber wenn wir rechtzeitig auf den Gipfel wol-len, um da den Sonnenaufgang zu beobachten, dann muss es wohl so sein. Ich glaube kaum, dass die Sonne über eine Verschiebung mit sich verhandeln lässt. Den Sonnenauf-gang da oben zu sehen, das soll ein großartiges Erlebnis sein. Ich freue mich schon darauf."

„Außerdem", lächelt Lena, „freuen wir uns um halb vier wahrscheinlich, dass wir endlich aufstehen können. Nach meinen bisherigen Erfahrungen in Berghütten ist da oft die Luft schlecht, es stinkt nach Schweißfüßen und einige schnarchen wie ein Sägewerk."

Christa lacht, dann gehen sie gemeinsam zur Hütte.

Am nächsten Morgen sind sie, wie geplant, schon vor vier Uhr unterwegs. Das Stück Weg, das sie im Dunkeln wandern müssen, ist nicht gefährlich, sodass sie sich nicht anseilen müssen. Es geht auf dem Kamm entlang. Nur zum Schluss müssen sie noch etwas steigen. Dann sitzen sie unter dem Gipfelkreuz, schauen in den Sternenhimmel hinauf und warten.

Allmählich wird der Himmel etwas grauer und die Sterne verblassen. Ein schwacher Schimmer im Osten kündigt den Beginn des Tages an. Die Konturen der Berge zeichnen sich immer deutlicher ab. Dann ist plötzlich der erste Strahl da. Vorsichtig und noch sehr dünn blitzt er über den Horizont. Aber keineswegs schüchtern, eher frech wirkt es, als wüsste er, dass es nun kein Zurück mehr gibt.

Nach kurzer Zeit ist das Stück Sonne auf dem östlichen Horizont so hell, dass man nicht mehr hinsehen kann. Es ist ein großartiger Anblick. Einige der Kletterer sagen „Ah" und „Oh" und „großartig", andere sitzen etwas abseits und genießen schweigend das überwältigende Schauspiel. Nun kann man sehen, wie das Rot an den Bergspitzen im Westen immer tiefer wandert, bis auch die Wälder und Almen weiter unten in goldenes Licht getaucht sind.

Lena kann sich nicht sattsehen. Es ist ein wunderbares Gefühl, diesen Sieg des Lichtes über die Finsternis von hier oben beobachten zu können.

Auf einmal fängt einer der Männer aus der Gruppe an zu singen: „Die güldne Sonne voll Freud und Wonne ..." Andere fallen ein, anscheinend kennen sie das Lied auswendig. Es klingt etwas dünn, weil hier oben keine Wand den Schall zurückwirft. Trotzdem staunt Lena über den guten Gesang. Sie müssen es gewöhnt sein.

„Mein Auge schauet, was Gott gebauet, zu seinen Ehren und uns zu lehren, wie sein Vermögen sei mächtig und groß."

Lena denkt, dass es ein altes Lied sein muss, die Sprache ist anders, als man heute spricht. Aber sie versteht es natürlich. Sie versteht, dass da von Gott die Rede ist, der dies alles geschaffen hat: die Berge und die Täler, die Sonne und den Himmel, und natürlich die Menschen. Ja, obwohl Lena nicht viel von Gott weiß, empfindet sie das Besondere dieses Augenblicks. Es ist, als wäre Gott ihr hier oben besonders nah.

„Aufbruch!", ruft der Bergführer. Sie bilden wieder zwei Seilschaften. In der ersten geht der Bergführer vorn, es folgen Christas Mann Thomas, dann Christa und schließlich Lena. In der zweiten Seilschaft ist die zweite Frau mit drei Männern, von denen zwei auch schon Erfahrung mit dem Klettern haben.

Es geht zunächst hinunter, und nach einer Stunde und nach einer kurzen Pause geht es wieder hinauf, weil sie noch einen zweiten Gipfel ersteigen wollen.

Sie kommen an eine gefährliche Stelle. Der Bergführer ruft ihnen immer mal Warnungen und Anweisungen zu.

Plötzlich passiert es: Christa will schräg an einem steilen Hang entlangklettern, da löst sich unter ihrem Fuß ein Stein und poltert in die Tiefe.

Lena hat sie genau beobachtet. Sie reagiert schnell, zieht

sofort das Seil stramm und schlägt es um einen Haken. Da erst verliert Christa vollkommen den Halt, weil ihre Finger und das weit abgespreizte Bein sie nicht mehr tragen können. Sie fällt nicht tief, das Seil fängt sie auf. Vorsichtig tastet sie mit den Füßen nach einem anderen Vorsprung im Fels, auf den sie sich stellen kann. Sie findet auch einen. Langsam, Schritt für Schritt, klettert sie weiter, ihr Mann hält von weiter vorn das Seil stramm, und Lena lässt es nach. Dann folgt Lena behutsam auf dem Weg, den Christa gefunden hat, von ihr gesichert.

Das alles hat sich fast lautlos abgespielt. Niemand hat einen Angst- oder Schreckensschrei ausgestoßen, niemand hat Anweisungen gerufen. Jeder wusste, was zu tun war, und tat es.

Sie haben noch fast zwei Stunden zu klettern, dann stehen sie auf dem zweiten Gipfel. Erschöpft lassen sie sich nieder, trinken aus ihren Flaschen und lassen den Blick über die mächtige Bergwelt schweifen.

Christa kommt zu Lena, die schon müde auf einem Fels hockt, löst ihren Karabinerhaken und setzt sich. Beide nehmen ihre Rucksäcke und packen ihre Brote aus. Bevor sie zu essen anfangen, neigt Christa den Kopf und schließt die Augen. Erstaunt sieht es Lena. Betet sie ein Tischgebet? So nennt man das wohl, auch wenn es hier keinen Tisch gibt. Thomas setzt sich auch daneben und macht ebenfalls eine Pause, bevor er in sein Brot beißt.

Der Bergführer kommt vorbei, klopft von hinten mit der linken Hand Christa und mit der rechten Lena auf die Schulter. „Gut gemacht!", sagt er dazu.

„Ich danke Gott, dass das so gut ausging", sagt Christa mit vollem Mund. „Und ich danke dir, Lena!"

„Ich auch", ergänzt Thomas.

Lena nickt. „Hab nur getan, was meine Aufgabe war."

Thomas meint: „Vielleicht die Aufgabe, die Gott dir gegeben hat."

„Gott? Wieso? Der Bergführer. Und es gibt eben Regeln …"

„Trotzdem", sagt Christa, „ich glaube, dass Gott bei allem, was mit uns geschieht, seine Hand im Spiel hat. Kennst du ihn?"

Lena kramt den Apfel aus ihrem Rucksack. „Gott? Ob ich ihn kenne?" Sie zuckt die Achseln. „Weiß nicht. Heute Morgen, beim Sonnenaufgang, da hatte ich so ein Gefühl … als wenn Gott da ist. Und als ihr dann noch gesungen habt … Wenn ich das Gefühl auch zu Hause hätte, bei der Arbeit, dann an der Uni – das wäre schön. Aber ich vermute, so was erlebt man nur in ganz seltenen und ganz besonderen Augenblicken."

Christa nickt, anscheinend hat sie verstanden, was Lena meint. Trotzdem sagt sie: „Gott ist aber immer da."

„Immer?"

„Ich fühle es auch nicht immer so wie heute beim Sonnenaufgang oder in Situationen, wo ich ihm dankbar bin, wie zum Beispiel vorhin, als ich fast abgestürzt wäre. Aber um unser Gefühl geht es nicht. Der allmächtige Gott ist doch nicht von unseren Gefühlen abhängig. Was wäre das für ein Gott, der nur existierte, wenn uns danach zumute ist! Nein, er ist immer da."

Lena beißt in den Apfel, dass ihr der Saft aus den Mundwinkeln fließt. Es hört sich logisch an, was Christa sagt, es hört sich auch gut an. Sie will es gern glauben. Aber stimmt es auch? Die Gesprächspause dauert, bis Lena den Apfel abgenagt hat. Sie wirft ihn weit hinunter. Erst ein paar Hundert Meter tiefer bleibt er liegen. Darf man hier oben …? Aber das ist ja kein Abfall wie Glas oder Blech, beruhigt sie sich. Vielleicht freuen sie die Erdmännchen über meinen Apfelrest.

Aber dann findet sie, dass sie Christa noch eine Antwort schuldig ist. „Wäre schön, wenn Gott immer da wäre", murmelt sie, „und man davon überzeugt sein könnte."

Thomas sagt: „Dreh dich doch bitte mal um, Lena!" Sie folgt mit den Augen seinem Zeigefinger. Er deutet auf das Gipfelkreuz. Eine geschnitzte Jesusfigur hängt daran, eigentlich zu klein für das große Holzkreuz. Aber darauf kommt es ja nicht an.

„Dass Gott uns nahe ist, fühlen wir wohl nur manchmal. Aber wichtiger als das zu fühlen ist, dass wir es wissen. Und wissen können wir es, weil Jesus zu uns gekommen ist."

Lena guckt etwas unsicher, dann nickt sie, obwohl sie es noch nicht wirklich verstanden hat. Aber sie will darüber nachdenken.

„Aufbruch in fünf Minuten!", ruft der Bergführer.

FÜNF SORGEN

Herr Haferberg hatte es schon gelegentlich festgestellt und sich darüber gewundert: Wochenlang, manchmal monatelang passierte nichts Dramatisches. Aber dann trafen mehrere wichtige Ereignisse zugleich ein. So war es auch am elften August.

Zuerst verbrannte sich seine Frau Elsa die Hand am kochenden Wasser, als sie Tee zubereiten wollte. Es entstanden schmerzhafte Blasen am Mittel- und Ringfinger. Dann, beim Frühstück, fiel die Zahnbrücke heraus. Sie hatte ihren Halt verloren, weil einer der Zähne, auf denen sie festgesessen hatte, zerbröselt war. Der Zahnarzt hatte sie schon im vorigen Jahr gewarnt, dass in diesem Falle eine größere Behandlung für annähernd zweitausend Euro auf sie zukäme.

Als Joachim Haferberg mit dem Auto zur Arbeit fahren wollte und erst wenige Hundert Meter zurückgelegt hatte, gab es unter der Motorhaube ein hässliches Geräusch. Das Fahrzeug blieb ruckartig stehen und Qualm stieg auf. Joachim trat die Kupplung und ließ den Wagen an den Straßenrand rollen, was wegen des Gefälles glücklicherweise möglich war. Er kehrte nach Hause zurück und rief erst seinen Chef und gleich danach die Autowerkstatt an.

Elsa raufte sich die Haare … natürlich nur bildlich gesprochen, denn so etwas würde sie niemals tun, weil sie sich mit ihrer Frisur immer viel Mühe gab.

Das vierte Unglück kam mit der Post gegen elf Uhr. Sie hatten einem Fachmann die Stelle in ihrem Keller gezeigt, wo die Wand sehr feucht war, und gefragt, was man da tun könne. Nun schickte der Fachmann ein Angebot: An der Bergseite wollte er die Erde ausheben, die Wand neu isolieren und eine wirksamere Drainage legen – zu einem Preis von zweiundzwanzigtausendsiebenhundertneunzehn Euro und fünfunddreißig Cent.

Elsa brach in Tränen aus. Das war an sich nichts Ungewöhnliches. Ungewöhnlich war aber die Heftigkeit, mit der Frau Haferberg ihr Schicksal beklagte, wahrscheinlich durch den Schmerz in ihrer Hand zusätzlich in Missstimmung versetzt.

„Wie sollen wir das überhaupt schaffen, Joachim? Wir gehen pleite! Es ist furchtbar! Entsetzlich! Womit habe ich das verdient? Was machen wir nur?"

Da Joachim auch nicht wusste, was sie da machen sollten, sagte er erst mal gar nichts.

„Warum sagst du nichts, Joachim? Warum tust du immer so, als ginge dich das gar nichts an? Ist es dir etwa egal, wenn wir zugrunde gehen?"

„Red keinen Unsinn, Elsa! Natürlich ist es mir nicht egal. Aber was hilft es, laut zu jammern und zu wehklagen!"

„So – ich jammere also! Jetzt kriege ich wohl auch noch Vorwürfe, dass ich mir Sorgen um die Zukunft mache? Während du alles an dir ablaufen lässt! Einer muss sich schließlich Gedanken machen!"

„Gegen Gedanken habe ich nichts", murmelte Joachim. Das hörte seine Frau aber nicht. Und wenn sie es doch gehört haben sollte, beachtete sie es jedenfalls nicht. Sie klagte nur: „Vier Unglücke hintereinander! Und das fünfte steht sicher schon vor der Tür."

Joachim dachte: Nein, es ist sogar schon hier drinnen,

weil wir uns jetzt streiten … Aber er sagte nichts und beschloss, bei der Zählung seiner Frau zu bleiben.

„Ein weiteres Unglück vertrage ich heute nicht!", behauptete Elsa. „Darum telefoniere ich Kathi ab."

„Wie? Unsere Tochter will heute Abend kommen und du willst sie ausladen?"

„Ja, das will ich, weil ich kein fünftes Unglück ertrage! Und ich habe so ein Gefühl …"

„Aber wieso soll Kathis Besuch ein Unglück sein? Ich dachte, du freust dich immer, wenn sie kommt!"

„Hast du vergessen, was der Anlass ist? Sie will uns ihren Freund vorstellen!"

„Na und? Ist das etwa ein Unglück?"

„Du weißt genau, was ich meine. Und das an so einem Unglückstag! Kathi ist viel zu jung und der Freund ist auch noch in der Ausbildung und …"

„Elsa! Kathi ist neunzehn!"

Frau Haferberg wandte sich ab. Die Geste hatte etwas Endgültiges, so wie: Schluss jetzt, du hast ja keine Ahnung.

„Die Logik verstehe ich nicht", sagte Joachim in ihren Rücken, „wieso, wenn uns vier Schicksalsschläge getroffen haben, der Freund unserer Tochter das fünfte Unglück sein soll. Du machst dir wirklich zu viele Sorgen, Elsa!"

„Nein, du machst dir zu wenig! Du nimmst alles auf die leichte Schulter."

„Ich nehme es nicht auf die leichte Schulter, Elsa. Ich denke nur daran, dass es in der Losung heute heißt: Alle eure Sorgen werft …"

„Lass mich in Ruhe! Ich will nichts davon hören!" Sie ging mit energischen Schritten in die Küche und begann dort zu hantieren. Das Ziel ihres Werkelns war ihr vielleicht selbst nicht ganz klar, weil sie mit ihren Gedanken ganz woanders war. Es gelang auch nicht so recht, weil sie die zwei verbrannten Finger abspreizen musste.

Allmählich aber wurde für Joachim, der gelegentlich durch die Tür schaute, erkennbar, dass sie einige Vorbereitungen für das Abendessen mit Tochter und Freund traf. Also wollte sie wohl doch nicht absagen.

Joachim holte das Büchlein mit den Bibelsprüchen, schlug es beim aktuellen Datum auf und hielt es ihr vor die Nase.

„Was soll das?"

„Du hast gesagt, du willst nichts davon hören. Das muss ich akzeptieren. Darum zeige ich es dir. Da kannst du es selbst lesen und brauchst nicht zu hören." Er zeigte auf die Zeile: Alle eure Sorgen werft auf ihn, denn er sorgt für euch.

Elsa wandte sich ab, ohne den Satz gelesen zu haben. Aber die ersten Worte hatte sie schnell erkannt und aus dem Gedächtnis ergänzt. Joachim legte das Büchlein weg und beschloss, seine Frau erst zur Ruhe kommen zu lassen, ehe er weiter mit ihr über dieses Thema redete. Ohnehin musste er jetzt zu seinem defekten Wagen zurückgehen, weil gegen zwölf Uhr der Abschleppwagen kommen sollte.

Elsa Haferberg bestellte den Besuch ihrer Tochter tatsächlich nicht ab. Stattdessen rief sie beim Zahnarzt an und machte einen Termin aus.

Als Joachim von der Autowerkstatt zurückkehrte, hatte sich die sorgenvolle Stimmung seiner Gattin noch nicht wesentlich gebessert, und obwohl er ihr aus der Apotheke eine Salbe für ihre Brandblasen mitgebracht hatte, änderte sich daran auch nicht viel in den nächsten Stunden.

Wenige Minuten vor fünf klingelte es. Joachim öffnete, umarmte seine Tochter und reichte dem jungen Mann die Hand, den Kathi mit den Worten vorstellte: „Das ist Arno."

„Guten Tag, Herr Haferberg", grüßte Arno freundlich, und Joachim bat beide in die Wohnung, wo sich die

Begrüßungszeremonie mit Elsa wiederholte. Allerdings ließ die Mutter ihre herzliche Fröhlichkeit vermissen, die Kathi sonst von ihr gewöhnt war.

Man setzte sich.

Eine verlegene Pause entstand, die Joachim dadurch beendete, dass er eine Flasche Wein aus dem Keller holte und sie in der Küche öffnete. Elsa holte Gläser. Dabei flüsterte Joachim seiner Frau in der Küche zu: „Er ist doch ganz nett, findest du nicht?"

„Früher hätte man bei solchen Gelegenheiten der Dame des Hauses Blumen mitgebracht!", flüsterte sie zurück.

„Ja, früher."

Als sie alle vier saßen und angestoßen hatten, begann Joachim das Gespräch: „So, Sie studieren noch?"

„Ja, Architektur. Bin aber erst im vierten Semester."

Kathi ergänzte: „Arno hat vorher schon bei der Baufirma seines Onkels gearbeitet und eine Lehre gemacht und sich erst später zum Studium entschlossen."

„Ein guter Entschluss. Man hört ja allgemein, dass die berufliche Qualifikation immer wichtiger wird." Es war Joachim Haferberg klar, dass das ein ziemlich banaler Satz war. Aber er wusste nichts Besseres.

„Erzählen Sie uns doch …" Er war im Begriff, nach Arnos Familienverhältnissen zu fragen, besann sich aber gerade noch rechtzeitig, dass das in dieser Situation wie ein Verhör klingen könnte. Und so beendete er den Satz anders, als er geplant hatte: „… wie Sie beide sich kennengelernt haben."

„In der Mensa", berichtete der junge Mann. „Es hat mich gleich zu Kathi hingezogen, als ich sie zum ersten Mal sah." Seine Augen glänzten ein wenig bei diesen Worten.

Kathi ergänzte: „Bei mir dauerte es etwas länger. Aber jetzt liebe ich ihn total!"

„Wie schön!", bemerkte ihr Vater.

Man trank noch mal einen Schluck. Dann fragte Kathi: „Mama, du sagst gar nichts! Ist was? Ich meine ..."

„Mama hat sich die Hand am heißen Wasser verbrannt", erklärte Joachim. „Und dann ..."

Elsa warf ihm einen warnenden Blick zu, den er glücklicherweise auffing, weil er in dem Moment zu ihr hinübersah. Er begriff: Er sollte nichts von ihren Zähnen sagen.

„Und dann ... hatten wir noch andere Unglücksfälle. Mein Auto ist kaputt und muss wahrscheinlich für viel Geld repariert werden. Und noch mehr Geld braucht eine Reparatur am Haus. Weil die eine Wand so feucht ist. Na ja, und das alles ..."

„Besonders die Schmerzen!", unterbrach Elsa und hielt die Hand hoch, weil sie dachte, körperliche Schmerzen würden wohl eher als Grund für schlechte Laune akzeptiert als finanzielle Sorgen.

„Das tut mir leid, Mama!", sagte Kathi.

„Mir auch", ergänzte etwas hilflos ihr Freund. Aber gleich darauf fuhr er fort: „Eine feuchte Wand? Vielleicht kann ich da zu etwas raten. Darf ich sie mal sehen?"

Joachim, froh aus diesem etwas zähen Gespräch in eine Aktion flüchten zu können, stand auf. „Gern! Kommen Sie!" Die beiden Männer verließen das Wohnzimmer.

Kathi fragte: „Gefällt dir Arno, Mama?"

Elsa beschloss, nichts von den Blumen zu sagen. „Nun ja, wir hatten ja noch wenig Gelegenheit ... Ich meine, er hat ja erst sechs oder acht Sätze gesagt." Sie bedachte nicht, dass sie selbst noch weniger geäußert hatte. „Aber er scheint ein netter junger Mann zu sein." Diesen Satz rang sie sich ab aus Liebe zu ihrer Tochter.

„Er ist wirklich sehr lieb!"

„Über die Familie, aus der er kommt, weiß ich nun noch nichts ..."

„Familie! Mama! Was geht mich denn seine Familie an!"
„Interessiert ihn denn deine Familie auch nicht?"
„Ach, Mama!"
Das Telefon klingelte.

Während ihre Mutter telefonierte und die Männer im Keller und anschließend im Garten waren, sah Kathi im Schrank nach, ob es da nicht ein paar Plätzchen gab. Sie fand tatsächlich welche, füllte sie in eine Schale und stellte sie auf den Tisch. Dann wartete sie. Alle drei kamen etwa zur gleichen Zeit zurück.

„Die Werkstatt hat angerufen", berichtete Elsa. „Denk dir, der Meister sagt, der ganze Motor ... Also, es muss ein neuer Motor rein. Aber das ist etwas, das eindeutig unter Garantie fällt. Wir müssen nichts bezahlen!"

„Ach – wirklich? Eine Sorge weniger!"
Sie setzten sich.

„Darf ich mal fragen", wagte Arno das Wort zu ergreifen, „was die Firma für die Sanierung haben will?"

Ehepaar Haferberg sah sich an. Beide zögerten, aber dann antwortete Joachim: „Über zweiundzwanzigtausend. Fast dreiundzwanzig."

„Was? So viel?" Arno sah grübelnd vor sich hin. Er rechnete.

Alle warteten.

„Ich habe ja", begann der junge Mann langsam, „in der Baufirma meines Onkels gearbeitet. Auch später noch in den Semesterferien. Ich könnte ihn fragen, ob er mir mal für ein paar Tage den Bagger gibt, wenn er ihn sonst nicht braucht. Dann könnte ich den Aushub machen. Die Drainage und die Isolierung ist dann kein Problem. Wenn Sie ein wenig helfen, Herr Haferberg ..."

Schweigen. Nach einer Weile wagte Joachim die Frage: „Das würden Sie machen? Und das wäre billiger?"

„Klar. Nun, ich müsste meinem Onkel etwas für den Bagger geben. Es sind ja auch zehn oder fünfzehn Kilometer bis hierher. Dann das Material. Ich schätze mal, mit sechstausend Euro müssten wir hinkommen. Höchstens siebentausend."

Elsas Gesicht hellte sich merklich auf. Joachim meinte: „Aber das können wir doch nicht annehmen, dass Sie ..."

„Doch, das könnt ihr!", sagte Kathi energisch.

Joachim klopfte dem jungen Mann auf die Schulter. „Gut, wir nehmen es an. Das wäre wirklich wunderbar, mein lieber Arno! Und was meine Mitarbeit angeht – ich kann durchaus mit der Schippe umgehen. Du kannst dich auf mich verlassen! Oh, Verzeihung – Sie können sich ..."

„Sagen Sie doch ruhig du zu mir!"

„Na schön, dann bin ich Joachim für dich. Wo wir doch bald Arbeitskollegen sind!"

„Oder gar Verwandte", murmelte Kathi.

Elsa hörte das nicht, weil sie schon auf dem Weg in die Küche war, um das Abendessen zu richten. Die Stimmung taute auf wie das Eis, das es zum Nachtisch geben sollte.

Als die Eheleute Haferberg wieder allein waren, umarmten sie sich. „Mir fällt ein Stein vom Herzen", sagte Elsa.

„Was sagst du zu Kathis Freund?"

„Nun ja, man wird sehen. Aber sie scheint glücklich zu sein."

„Und du bist es auch wieder, stimmts? Etwas mehr zumindest als noch vor fünf Stunden. Du hättest dir Kummer ersparen können, wenn du den Bibelvers gelesen hättest, den ich dir gezeigt habe."

„Habe ich ja. Alle eure Sorgen werft auf ihn, denn er sorgt für euch."

„Und das hat er getan. Er hat gesorgt. Autoproblem – erledigt. Hauskosten – stark verringert. Und wenn der künftige Schwiegersohn sich weiterhin als so nett erweist, wie es den Anschein hat ..."

„Es sind allerdings nicht alle Sorgen verschwunden."

„Du sollst sie ja auch auf Jesus werfen. Weg damit! Und wenn er schon am ersten Tag von den fünf Problemen drei gelöst hat ... Ich meine, dann können wir darauf vertrauen, dass sich die anderen auch bewältigen lassen."

„Ich weiß, du warst schon immer ein Optimist ... Aber du hast recht, wir wollen – oder besser: Ich will mir von den Sorgen nicht den Tag verderben lassen."

THEMEN